www.tredition.de

AF185049

Jürgen Binder, geboren 1961 in Butzbach,
Wetteraukreis, lebt seit 1993 mit seiner Frau in
Frankfurt am Main.
Im tredition-Verlag sind bereits seine beiden
Romane *Die vergessene Zeugin* und *Staub der Himmel*
erschienen.

Jürgen Binder

Das einsame Herz des Nebelfängers

Erzählung

www.tredition.de

© 2020 Jürgen Binder

Verlag & Druck: tredition GmbH, Halenreie 40-44, 22359 Hamburg

ISBN
Paperback: 978-3-347-14286-2
Hardcover: 978-3-347-14287-9
e-Book: 978-3-347-14288-6

Umschlagabbildung: Jürgen Binder,
o. T., Bleistift/Papier 2020

Für die Tagträumer,
die leisen Hüter
der Liebe und der Traurigkeit

Von all den Wundern und Träumen der Kindheit
bleibt etwas,
das uns bis zum Ende am Leben erhält.
Wenn es zerbricht, erlischt alles Leuchten,
verschwindet der Glaube an den Zauber der Dinge
und mit ihm unsere Seele,
verloren in einem Universum ohne Licht.

1
Der Nebelfänger

Sein Leben endete an dem Tag, an dem der letzte Nebel sich verzog und er irgendwo tief in sich wusste, dass es keinen weiteren mehr geben würde.

Über alle seine Jahre hinweg war es der Nebel, der Schleier aus Phantasie und Tagträumen gewesen, der ihn gerettet hatte, ihn beschützt hatte vor dem harten Licht und dem Lärm der Wirklichkeit.

Der Nebel hatte ihn ernährt und wenn es kalt geworden war in seiner Seele, war es der Nebel gewesen, der an ihr kondensierte und zu Wasser wurde, von dem sie trinken konnte, um weiterzuleben.

Im Dunst seiner Tagträume bestand die Realität oft nur aus Schemen, die er deutlich genug wahrnahm, um nicht den Bezug zu ihnen zu verlieren, aber nicht so deutlich, dass sie ihm etwas anhaben konnten.

Seine Realität war eine andere, die zwischen den Kulissen der äußeren Welt existierte.

Nur dann und wann fand er den Mut, etwas aus dem Nebel hervortreten zu lassen. Dinge, Menschen, unscharf wie alles andere, die aber solange immer wieder in den Schleiern aufgetaucht waren, bis er glaubte, sich ihnen nicht mehr entziehen zu können, sie näher betrachten zu müssen.

Ein Blick in andere Augen, der ein bisschen länger dauerte, als sonst. Flüchtige Berührungen, die man nicht sofort wieder vergaß. Etwas, das jemand sagte. Vielleicht auch etwas ganz anderes, das er nicht benennen konnte. Jedenfalls aber Fetzen von Wirklichkeit, die ihn anzogen und denen er sich nähern wollte, um sie klar zu sehen.

Manchmal tat er dies dann, obwohl er die Gefahr kannte, obwohl er wusste, dass er es vielleicht lieber sein lassen sollte.

Er hatte schon längst, schon in seiner Kindheit gelernt, dass er sich zu leicht dabei verlor, sich verirrte bei der Suche nach etwas, das es nicht gab. In einem neuen, unbekannten Nebel, der seine eigene Welt nach und nach zum Verschwinden brachte. Seine Angst war groß. Die Angst, am Ende wieder allein zurückzubleiben, enttäuscht und tief verletzt. Mit der großen und schweren Aufgabe, den langen Weg zurück zu sich selbst zu finden.

Und wenn er dort wieder angekommen war, blieb von dem, was hinter ihm lag nur weiterer Stoff für seine Tagtraumnebel und eine Abgeschiedenheit, die umfassender war, als zuvor.

Doch in ihr verirrte er sich nicht. In ihr gab es alles, was er woanders nicht fand. Was er auch dieses Mal wieder nicht gefunden hatte.

In der Abgeschiedenheit war es einsam, ja. Aber er lebte von der Einsamkeit, der Melancholie und der Sehnsucht. Vom Schmerz in seinem Herzen. Er wusste, dass dies so war und dass es so irgendwie seine Richtigkeit hatte, auch wenn es Tage gab, an denen die Verzweiflung Oberhand gewann und er sich, die Augen voller Tränen, fragte, warum er so sein musste und nicht anders sein konnte.

Irgendwann vor Jahren war ihm der Gedanke

gekommen, dass er ein Nebelfänger war. Jemand, der Wolken sammelte, denn nichts anderes war doch der Nebel, Wolken, mit denen er sich umgab, um sich vor der Welt zu schützen und vielleicht auch die Welt vor ihm.

Und an jenem Tag, an dem er spürte, dass es all das nicht mehr geben würde, dass er nicht mehr träumen konnte, hörte das einsame Herz des Nebelfängers einfach auf zu schlagen.

Doch dieser Tag lag noch irgendwo in unbekannter Ferne, als Aaron Bellany an einem Mittwoch im Juli aus der Eingangstür des heruntergekommenen Wohnblocks in der Vallance Road, Whitechapel trat, in dem seine bescheidene Behausung lag. Hier in Tower Hamlets, dem Bezirk, der den größten Teil des alten East Ends von London umfasste, der Stadt, die irgendwie seine erste große Liebe geworden war, vor Jahrzehnten, als er noch weit entfernt im Dörfchen Allendale Town, in Northumbria gelebt hatte.

Dort, im äußersten Nordosten Englands, in weiten Moorlandschaften, zwischen Ruinen, Burgen, Kathedralen und kleinen Dörfern hatte er seine Kindheit und Jugend verbracht und dort hatte er begonnen, von der großen Stadt im Süden des Landes zu träumen, von London, diesem faszinierenden Meer aus Stein.

Er hatte alle Bilder der Stadt gesammelt, derer er irgendwie habhaft werden konnte, hatte sie aus den Prospekten der Reisebüros ausgeschnitten, aus

Schulbüchern gerissen oder feinsäuberlich, so dass es nicht auffiel, aus den Bildbänden herausgetrennt, die er in der Bibliothek von Newcastle ausgeliehen hatte.

Ja, Newcastle Upon Tyne, die größte Stadt Northumbrias.

Sie war ein schwacher Ersatz gewesen und wenn er mit seinen Eltern die dreissig oder vierzig Kilometer bis dorthin gefahren war, weil größere Einkäufe zu tätigen gewesen waren oder er der Bibliothek wieder einmal einen Besuch hatte abstatten wollen, dann hatte er sich immer vorgestellt, er sei in London. Schon wenn die ersten Vororte aufgetaucht waren, hatte er vor seinem geistigen Auge in der Ferne Big Ben aufragen sehen, den Post Office Tower oder die Kuppel von St. Pauls.

Und dann, in der Innenstadt Newcastles waren die, von hohen Häusern gesäumten Straßen zu Whitehall, Fleet Street oder Piccadilly geworden, eine kleine Grünanlage zum Hyde Park und der Fluss zur geheimnisvoll im Nebel liegenden Themse.

Nebel war allgegenwärtig in seinen Phantasien von London, ein fester Bestandteil der Bilder in seinem Kopf und wenn er von der Stadt träumte, dann war diese immer erfüllt von den Schleiern eines grauen Dunstes, der durch jeden Winkel der Häuserschluchten zog.

Auch auf den Fotos, die er gesammelt hatte, war er oft zu sehen. Der dichte Nebel, in dem die Scheinwerfer der Autos lange Lichtkegel warfen, die Straßenlaternen umgeben waren von einem Halo blassen Leuchtens und in dem die Gebäude zu undeutlichen Gebilden verschwammen, die alles mögliche sein konnten.

Diese Vorstellung von der Stadt sah er auch heute noch vor sich, wenn er durch die Straßen ging, obwohl es den berühmtem Londoner Nebel schon lange gar nicht mehr gab. Es gab Nebel, natürlich, aber eben solchen, wie es ihn überall sonst auch gab. Nicht mehr jenen Smog, diese Mischung aus Smoke und Fog, die früher tagelang über der Stadt gelegen und ihre Bewohner gleichermaßen beängstigt wie in Bann gezogen hatte.

Die schlimmsten dieser Ereignisse hatte es in den 50er Jahren des 20. Jahrhunderts gegeben und das erschreckendste von ihnen im Jahre 1952. Abends am 5. Dezember war der Nebel aufgezogen und hatte sich innerhalb weniger Stunden mit dem Kohlenrauch aus Millionen Schornsteinen, dem schmutzigen Qualm aus den Fabrik- und Kraftwerksschloten sowie den Abgasen der Fahrzeuge zu einer giftigen, dunklen Suppe vermischt, die bis zum 9. Dezember wie eine Glocke über der Stadt hing und das Leben in ihr fast zum Erliegen brachte.

Örtlich betrug die Sicht nicht mehr als dreissig Zentimeter, alles wurde mit Ruß bedeckt, der schmutzige Nebel drang in alle Gebäude. In die Krankenhäuser, in denen die Leute behandelt werden sollten, die in der rauchgeschwängerten Luft Atemnot bekommen hatte, in Theatersäle, sodass man von den Zuschauerplätzen aus die Bühne nicht mehr sehen konnte und in sämtlich Stuben der Londoner, deren Bewohner später berichteten, man habe von einer Wand der Zimmer nicht bis zur anderen blicken können.

Am Ende hatte der 'Great Smog' von 1952, als welcher er in die Geschichte eingehen sollte, rund zwölftausend Todesopfer gefordert, Menschen, die den giftigen Schwaden erlegen waren, die sie tagelang eingeatmet hatten.

Das war natürlich nicht das, was Aaron Bellany sich wünschte. Aber dennoch..., er vermisste den alten Londoner Nebel.

Und auch andere Dinge hatten sich verändert in den dreissig Jahren, die er nun schon in dieser Stadt lebte. Hochhäuser waren in der City aus dem Boden gewachsen, so viele, dass sie die Skyline völlig verändert hatten. Giganten aus Glas und Stahl, die seiner Meinung nach im Gewirr der historischen Gebäude nichts zu suchen hatten.

Und wo waren die guten alten 'Routemaster' Doppeldecker-Busse geblieben? Man hatte sie durch neue Modelle ersetzt, ebenfalls rot und mit zwei Stockwerken, aber irgendwie runder, moderner, mit großen Scheiben. Ja, sie ähnelten den alten Bussen entfernt, aber es waren eben nicht die alten.

Das gleiche galt für die Taxis. Keine Aston FX 4 mehr, die legendären Londoner 'Black Cabs'. Jetzt fuhren Wagen anderer Hersteller durch die Stadt, die an die früheren Fahrzeuge erinnerten, aber eben nur das. Sie waren nur blasse Erinnerungen. Schon die Tatsache, dass sie nicht mehr ausschließlich schwarz waren, passte nicht in Aaron Bellanys Bild von London.

Und dann die Telefonzellen. Es gab sie noch, aber sie waren sehr viel seltener geworden, weil die Leute heutzutage ihre Telefongespräche und alles mögliche andere mit dem Smartphone erledigten. Ein Großteil der roten Häuschen war ersatzlos abgebaut, manche durch irgendwelche modernen Dinger ersetzt worden. Diejenigen, die übriggeblieben waren, waren denkmalgeschützt und standen in erster Linie für die Urlaubsfotos der Touristen an ausgewählte Plätzen. Was früher wie selbstverständlich zum Alltag in Londons Straßen gehört hatte, war zu Ausstellungsstücken verkommen, fast wie im Museum.

Aaron Bellany gefielen diese Entwicklungen nicht und das führte dazu, dass er an fast allen Tagen noch intensiver vom London seiner Kindheit träumte, von der Stadt, in die er sich einst in Allendale Town verliebt hatte.

Er konnte sich an erstaunlich wenige Dinge aus dieser Zeit wirklich erinnern, doch dies war ihm im Gedächtnis geblieben. Das Sammeln von London-Bildern. Es hatte ihm über die Einsamkeit hinweggeholfen, über das Alleinsein mit seinen Gefühlen, die niemand zu verstehen schien. Und irgendwann hatte er aufgehört, über sie zu sprechen. Mehr noch, er hatte den Entschluß gefasst, dass keiner sie ihm jemals wieder ansehen sollte. So ernst war es ihm damit gewesen, dass er im Laufe der Jahre eine Meisterschaft im Verbergen von Emotionen aller Art entwickelt hatte, eine Coolness, die manche der

Menschen, die er kannte, bewunderten, ihn für andere unnahbar und geheimnisvoll erscheinen ließ, die aber doch nichts anderes war, als ein Schutz vor Verletzungen seines zerbrechlichen Herzens.

Diese Haltung war ihm so sehr in Fleisch und Blut übergegangen, dass er viele seiner Gefühle selber nicht mehr wahrnahm. Nicht, dass er keine gehabt hätte. Im Gegenteil, er war voll von ihnen und manchmal, wenn er sie einfach nicht mehr ignorieren konnte, es nicht schaffte, den schweren Deckel, den er vor langer Zeit über sie gelegt hatte, geschlossen zu halten, überfielen sie ihn mit einer Macht, die ihn fast umbrachte. Und er war damit alleine, wie damals in seiner Kindheit. Doch jetzt, mit zunehmendem Alter kostete es ihn immer mehr Kraft, Gefühle, die sich einen Weg an die Oberfläche gebahnt hatten, wieder unter Kontrolle zu bringen, ohne dass jemand etwas von seinen einsamen Kämpfen bemerkte.

Traurigkeit und Liebe waren seine Vergangenheit gewesen, sie waren seine Gegenwart und er wusste, dass sie auch seine Zukunft sein würden, bis alles endete. Falls es endete.

Es gab Tage, da wünschte er es sich herbei. Sein Sterben. Einfach, damit es vorbei war.

Und um zu sehen, was danach kam.

Aber an all dies dachte Aaron Bellany an diesem Morgen im Grunde gar nicht. Und erst recht nicht an den Tag seines Endes, den Tag, an dem die Träume verschwinden würden, denn den kannte er ja noch nicht. Auch Nebelfänger hatten höchstens Ahnungen. In die Zukunft sehen konnten sie nicht.

Nein, jetzt, als er die U-Bahn Station Whitechapel erreicht hatte, dachte er, wie schon die ganze Zeit, an seine Arbeitsstelle, zu der er auf dem Weg war und vor allem an Laurie, die dort sein würde und um die sich seit Monaten die meisten seiner Tagträume drehten.

Es war schon heiß an diesem Julimorgen und Aaron Bellany beschleunigte seine Schritte, froh, nun in die Kühle der unterirdischen Bahnanlagen hinabsteigen zu können.

2
Der Buchladen in Soho

Foyles Bookstore in der Charing Cross Road war seit über einhundert Jahren eine Londoner Institution.

Zeitweise war es der größte Buchladen der Welt gewesen, was die Regalmeter und die Anzahl der vorrätigen Bücher anging.

Und bis 1999 hatte man dort einige merkwürdige Eigenheiten gepflegt, die die Kundschaft zwar nicht vergrault, aber doch immer wieder in einen gewissen Unmut hatte verfallen lassen.

So waren bei Foyles die Bücher nicht nach Autoren oder Genres sortiert gewesen, sondern nach Verlagen, was die Suche nach bestimmten Titeln zu einer langwierigen Angelegenheit gemacht hatte.

Des Weiteren hatte jeder Kunde eine Art Visitenkarte mit einer Telefonnummer in die Hand gedrückt bekommen, einer Telefonnummer, unter der man, wenn man anrief, vom Band mitgeteilt bekam, dass Foyles grundsätzlich keine Anrufe entgegennahm.

Und nicht zuletzt war es auch ein beständiges Ärgernis gewesen, dass man beim Kauf eines Buches zweimal an verschiedenen Schaltern hatte anstehen müssen, einmal, um die Rechnung zu erhalten und einmal, um dann unter Vorlage derselben an anderer Stelle zu bezahlen.

Eine Besonderheit von Foyles Bookstore jedoch wurde von den Kunden seit jeher sehr geschätzt. Die Tatsache nämlich, dass Bücher, die schon lange aus den Verlagsprogammen gestrichen oder vergriffen waren, hier noch in großer Zahl in den Regalen standen.

Dann, mit dem Beginn des neuen Jahrtausends hatte man sich bei Foyles dazu durchgerungen, einige der skurrilen Traditionen über Bord zu werfen und das Konzept des Ladens etwas zu modernisieren.

Und als im Jahr 2014 ein Umzug in andere Räumlichkeiten angestanden hatte, weil die alten Geschäftsgebäude abgerissen werden sollten, war das Erscheinungsbild des Buchladens schließlich grundlegend verändert worden.

Aaron Bellany war nicht glücklich gewesen über die Veränderungen. Er war gelernter Bibliothekar und seit 1995 bei Foyles beschäftigt, etwas, was er von Anfang an als besondere Ehre empfunden hatte, angesichts der langen Tradition des Ladens und seiner besonderen Stellung unter den Buchhandlungen der Stadt.

Er hatte die alten Räume geliebt, dieses chaotische Labyrinth aus Regalen, in dem man fürchten konnte, verlorenzugehen, das aber von vielen regelmäßigen Besuchern des Buchladens in genau dieser Form auch geschätzt worden war.

Jetzt waren sie in den ehemaligen Räumen des Central St. Martins College of Art and Design untergebracht, nur ein paar Hausnummern entfernt von der alten Adresse, aber in Aaron Bellanys Empfinden in einer ganz anderen Welt. Foyles Bookstore breitete sich nun um ein weißes, mit umlaufenden Treppenaufgängen versehenes Atrium herum über mehrere Stockwerke aus. Von den hohen Decken hingen Lampen tief herab, der Boden bestand aus edlem Parkett, alles war weit und hell.

Keine Spur mehr von der geliebten muffigen Enge, obwohl es auch hier, Gott sei Dank, noch einige Nischen und kleine Abteilungen abseits der großen Räume gab, die man ab und zu überraschend entdeckte und erkunden konnte.

Nach dem Umzug hatte Aaron Bellany monatelang mit sich und der Frage gerungen, ob er bleiben sollte und am Ende hatte er sich entschieden, nicht zu gehen. Immerhin war dies hier nach wie vor Foyles Bookstore. Als er 1989 nach London gezogen war, hatte er dies mit dem festen Vorsatz getan, einst in diesem legendären Laden zu arbeiten. Sechs

Jahre lang war er in anderen Buchläden beschäftigt gewesen, doch er hatte den Traum von Foyles nie aufgegeben.

Dann, 1995, nach mehreren Anläufen seinerseits, hatten sie ihn genommen. Vielleicht hatte sie am Ende seine Hartnäckigkeit beeindruckt.

Es war die, mit den Jahren gewachsene, tiefe Verbundenheit mit diesem Buchladen, die ihn nach dem Umzug schließlich bewogen hatte, zu bleiben.

Er hatte es nicht bereut. Und dann war, ein knappes Jahr später in Gestalt von Lauren Avondale, die alle bald nur noch Laurie nannten, ein weiterer Grund aufgetaucht, Foyles nicht zu verlassen.

Doch das war damals, Ende 2015, als sie zum ersten Mal im Laden erschien, noch in keiner Weise abzusehen gewesen.

Aaron Bellany trat aus der U-Bahn Station Leicester Square ins Sonnenlicht und begann, in seiner ledernen Umhängetasche nach dem Tabakpäckchen zu suchen.

Nachdem in den letzten Jahren normale Zigaretten für Durchschnittsverdiener wie ihn praktisch unbezahlbar geworden waren, hatte er begonnen, selbst zu drehen und fand die filterlosen, krummen Dinger, die er auf diese Weise herstellte, mittlerweile besser, als das parfümierte Zeug, das er früher geraucht hatte.

Er inhalierte tief und ließ seinen Blick über die Umgebung wandern. Hier war London noch fast so, wie es auch in seiner Vorstellung existierte. Die hohen, mächtigen Häuser, viele von ihnen verziert mit Säulen, Ecktürmchen oder kleinen Kuppeln. Das Gewühl aus Menschen und Straßenverkehr. Der baumbestandene Platz mit dem Brunnen und der Shakespeare Statue, umgeben von altehrwürdigen Gebäuden.

Foyles Bookstore lag auf dem Abschnitt der Charing Cross Road zwischen den Stationen Leicester Square und Tottenham Court Road und obwohl er von letzterer aus weniger weit bis zum Laden hätte laufen müssen, stieg er fast immer hier, am Leicester Square aus, weil er dieses Bild der Stadt sehen wollte.

Aaron Bellany sah auf die Uhr und setzte sich in Bewegung. Es war ihm zu einer liebgewonnenen Gewohnheit geworden, vor der Arbeit noch einen Kaffee zu trinken, in einem gemütlichen, kleinen Lokal namens The Old Café, das praktisch auf seinem Weg lag, doch heute morgen würde er das nicht tun können. Er war spät dran, obwohl er sich das gar nicht erklären konnte. Er hatte das Haus zur gleichen Uhrzeit verlassen wie immer. Hatte die Bahn irgendwie Verspätung gehabt?

Jedenfalls musste er sich ein wenig beeilen und so war er leicht außer Atem, als er schließlich in den Buchladen trat und sein Blick auf die Worte fiel, die hier im Eingangsbereich in großen Buchstaben die Besucher begrüßten: "Welcome book lover, you are among friends."

Lauren Avondale arbeitete in der Kinderbuchabteilung von Foyles, die genau dort lag, wo 1975 die Sex Pistols ihren ersten Gig spielten, damals im alten Central St. Martins College of Art and Design. Ihr Arbeitsplatz war sozusagen der Geburtsort des Punk.

In der ersten Zeit, vielleicht zwei Jahre lang war sie Aaron Bellany nur dadurch aufgefallen, dass sie meistens schlecht gelaunt war, irgendwie ständig genervt entweder vom Verhalten der Kollegen oder von den Arbeitsbedingungen oder aus irgendeinem anderen Grund.

Oft sah er auch heute noch ihre schmale Gestalt mit wehenden, langen Haaren die Treppenaufgänge hoch- oder hinunterhasten, um unwillig Dinge zu erledigen, die ihr offenbar lästig waren.

Sie hatten kaum je ein Wort gewechselt in den ersten Jahren, außer wenn es darum ging, dienstliche Absprachen zu treffen. Und auch das war nur selten vorgekommen, weil sie nicht in der selben Abteilung abeiteten.

Aaron Bellanys Tätigkeitsfeld war schon seit langem der Bereich Reiseliteratur und er fühlte sich dort zuhause, denn in dieser Abteilung war er umgeben von all den alten und neuen Büchern über sein geliebtes London sowie natürlich von solchen über alle möglichen anderen interessanten Städte und Gegenden der Welt.

Er schritt auf den Treppenaufgang zu, der ihn bei den Kinderbüchern vorbeiführen würde, so, wie er es fast jeden Tag tat. Manchmal überlegte er sich irgendeinen Vorwand, doch diesmal musste er das nicht. Laurie war zwei Tage krank gewesen und sollte eigentlich heute wieder hier sein. Er wollte sie sehen und sie fragen, ob es ihr besser ging. Das war doch ein legitimer Grund, bei ihr vorbeizuschauen.

Tatsächlich wollte er seit Monaten, Tag für Tag nichts anderes, als sie sehen, wenn er hier ankam. Und er wollte, dass sie ihn sah. Nur so bestand die Möglichkeit, dass ihre Blicke sich trafen, dass sie vielleicht ein paar Worte wechselten. Nur so konnte er die Hoffnung haben, an einem dieser Tage ein Zeichen von Sympathie bei ihr zu entdecken, etwas, das ihm das Gefühl gab, ihr nicht völlig egal zu sein. Er wusste, dass es nichts weiter zu bedeuten hatte, wenn sie nett zu ihm war, das war sie an guten Tagen zu allen. Und am nächsten Tag war er wieder Luft für sie, während sie mit anderen Kollegen oder Kolleginnen gutgelaunt zusammenstand.

Aber vielleicht..., wenn sie sich jeden Tag sahen... Vielleicht würde ihr irgendwann doch noch etwas an ihm gefallen.

Sein Magen zog sich zusammen, als er sich der Kinderbuchabteilung näherte und er bemerkte, dass seine Hände zitterten.

Und da war sie. Sie stand mit dem Rücken zu ihm vor einem Regal und sortierte Bücher ein.

Er überlegte, ob er rufen sollte, doch dann drückte er sich so lange dort herum, wo er stand, bis sie sich umwandte und ihn bemerkte.

"Hallo, Laurie", sagte er und hob die Hand zum Gruß. "Na, geht's Dir wieder besser?"

"Hi", erwiderte sie, ohne zu lächeln. "Geht so".

Dann verschwand sie zwischen den Regalen, offenbar nicht an einer weiteren Unterhaltung mit ihm interessiert.

Und Aaron Bellany spürte den Schmerz im Bauch, den er mittlerweile so gut kannte und der ihn jetzt den ganzen Weg hinauf in seine Abteilung und auch dort noch lange begleitete.

Warum war sie so abweisend, wo er doch so voller Gefühle für sie war? Wie konnte das sein?

Er sah sie nicht mehr an diesem Tag, doch die ganze Zeit, während er seiner Arbeit nachging, dachte er an sie und immer wieder füllten sich seine Augen mit Tränen, weil er so gerne bei ihr gewesen wäre.

Im Dezember letzten Jahres hatten sie sich zufällig draußen beim Rauchen getroffen, an einem nebligen Tag mit Nieselregen kurz vor Weihnachten und zum ersten Mal war eine längere Unterhaltung zwischen ihnen zustandegekommen. Er hatte mehr von sich erzählt, als er dies normalerweise tat und auch sie war bereit gewesen, ein wenig über ihr Privatleben zu sprechen. Über die Scheidung ihrer Eltern, als sie vierzehn gewesen war, die schwere Zeit in den langen Jahren danach, über ihre kleine Wohnung in Lower Clapton (einem Londoner Stadtteil, von dem Aaron noch nie gehört hatte), die einsamen Abende dort und darüber, dass Alkohol manchmal half.

An diesem Tag, während ihres Gespräches, hatte er sich in Laurie verliebt, weil er meinte, eine Verwandschaft zwischen ihnen zu spüren und weil sie ihm auf einmal wunderschön vorgekommen war. Da war nicht die schlechtgelaunte, genervte Lauren Avondale gewesen, sondern eine Frau, die ihn tief berührte.

In der Zeit danach hatte er sie ab und zu angesprochen, gefragt, ob es ihr gut ging, was sie so machte oder er hatte seine Hilfe und Unterstützung angeboten, wenn er den Eindruck gehabt hatte, dass sie sie vielleicht brauchte. Manchmal war er sogar mutig genug gewesen, sie bei Foyles zur Begrüßung kurz zu umarmen.

Doch je mehr er versuchte, ihr näher zu kommen, ein bisschen an ihrem Leben teilzuhaben, desto weiter wich sie zurück, wurde abweisend und kühl, so, als wolle sie sagen: 'Glaub' bloß nicht, dass wir jetzt irgendwie befreundet wären, nur weil ich Dir ein bisschen was von mir erzählt habe.'

Oft ging sie ihm regelrecht aus dem Weg und er verstand nicht, was passiert war. Von Tag zu Tag fand er sie schöner. Dinge an ihr, die er vorher als unscheinbar bezeichnet hätte, waren jetzt so besonders, so attraktiv. Er sah die Sonne auf ihren Haaren, das Licht in ihren Augen, hörte den Klang ihrer Stimme, nahm all das wahr, was ihm vorher gar nicht aufgefallen war.

Und sie schien ihn nicht mehr zu sehen. Nichts was er tat, konnte ihr Interesse wecken.

Aaron Bellany war jetzt achtundfünfzig Jahre alt, hatte volles, graumeliertes Haar und versuchte, auf sein Gewicht zu achten. Das hatte er auch schon getan, bevor Laurie erschienen war, aber nun tat er es noch ein bisschen mehr.

Sie war vierzig, das hatte er aufgeschnappt, als sie vor kurzem Geburtstag gehabt hatte und mit Kuchen für die Kollegen zur Arbeit erschienen war.

War er für sie ein alter Sack, der versuchte, sich an jüngere Frauen ranzumachen? Er wusste es nicht, weil sie nichts sagte. Und weil er sich nicht traute, zu fragen, blieben ihm nur die andauernden, quälenden Versuche, ihr Verhalten zu deuten.

Am Ende, immer wenn die Verzweiflung zu groß zu werden drohte angesichts seiner Sehnsucht nach ihr, fand er einen winzigen Anhaltspunkt in ihrem Verhalten, ein Lächeln, einen Blick, irgendetwas, das wieder ein bisschen Hoffnung nährte. Und ihn vorerst davor bewahrte, an seiner einsamen Liebe zugrunde zu gehen.

3
Die Tunnel von Charing Cross

An manchen Tagen, besonders im Herbst, wenn Nebel und Feuchtigkeit über der Stadt lagen, stieg er nach Feierabend nicht am Leicester Square in die Bahn, sondern spazierte die Straße weiter hinunter, Richtung Fluss, wo sich, direkt oberhalb der Uferanlagen des Victoria Embankment, Charing Cross Station erhob, einer der großen Bahnhöfe Londons, der seit jeher eine besondere Faszination auf ihn ausübte.

Bei Nässe konnte man die Blätter der Bäume in

den Straßen und Parks riechen, das Gras der Grün-
flächen, den Duft von Erde. Anders, als an heißen
Sommertagen, wenn nur der Geruch von Staub und
Abgasen zwischen den Häusern stand und einem
das Atmen schwer machte.

Er liebte es, an feuchten und dunstigen Herbst-
abenden den Zügen zuzusehen, die Charing Cross
Station über die Hungerford Bridge verließen und
irgendwo, jenseits des Flusses im Nebel verschwanden, Richtung der südlichen Vororte und hinter ihnen weiter Richtung East Sussex oder Kent.

Irgendwie mochte er die abfahrenden Züge
mehr, als die ankommenden. Vielleicht hatte das
damit zu tun, dass er selbst manchmal so gerne einfach verschwunden wäre.

Heute war es nicht das Wetter, das Aaron Bellany
dazu bewogen hatte, hinunter zur Charing Cross
Station zu laufen. Es war immer noch derselbe
warme Mittwoch im Juli, später Nachmittag jetzt
und heute trieb ihn der Schmerz durch die Straßen.
Der Schmerz, den Lauries abweisendes Verhalten
irgendwo dort verursachte, wo vielleicht die Seele
war und der so groß war, dass er ihm fast alle Kraft
raubte.

Sein Herz war voller Tränen und manchmal
dachte er, es würde zu schwer werden, um es weiter
zu tragen, ohne dass es aus seiner Verankerung riss
und unwiederbringlich verrutschte, irgendwohin,
weg von dem Ort, an den es gehörte. Irgendwohin,
wo er es nicht mehr fand.

Aaron Bellany ging einfach weiter, schlängelte sich durch den Strom der Passanten auf den Bürgersteigen und nachdem er St. Martin in the Fields und die östliche Ecke des Trafalgar Square hinter sich gelassen hatte, tauchte der Bahnhof vor ihm auf, erhob sich hinter der Renaissance-Fassade des Charing Cross Hotels und dem *Eleanor Cross* auf dem weiten Vorplatz.

Charing Cross Station war am 11. Januar 1864 eröffnet worden, erbaut an der Stelle, an der sich zuvor der alte Hungerford Market befunden hatte. Er konnte sich solche Dinge gut merken.

Am 15. Mai 1865 war dann das Charing Cross Hotel fertiggestellt gewesen, eine Art prächtiger Vorbau zum eigentlichen Bahnhofsgebäude.

Das *Eleanor Cross* auf dem Vorplatz war einer der Gründe, warum er diesen Ort mochte, denn es war das Zeichen einer großen Liebe. Zwischen 1291 und 1295 hatte Edward I. zwölf dieser Monumente mit dem Kreuz auf der Spitze errichten lassen, zum Gedenken an seine im November 1290 verstorbene Frau Eleanor von Kastillien. Die Kreuze markierten die nächtlichen Rastplätze an der Strecke, auf welcher Eleanors Körper nach London gebracht worden war.

Die meisten dieser Kreuzmonumente waren heute verloren. Das Denkmal vor dem Charing Cross Hotel, eine Replik des Originals, erinnerte an den Standort des letzten, größten und am prächtigsten verzierten in der Reihe der zwölf Kreuze, den Ort, an dem der König den Körper seiner geliebten Frau nach langer Reise in Empfang nehmen konnte, Eleanor endlich wieder bei sich hatte.

Aaron Bellany dachte, dass die Touristen in den Sightseeing-Bussen diese Geschichte bestimmt in ihren Kopfhörern hörten, wenn sie hier vorbeikamen. Und dass sie sie hinter der nächsten Straßenecke wahrscheinlich schon wieder vergessen hatten.

Er aber hatte sie nicht mehr vergessen, seit er sie zum ersten Mal gehört hatte. Das *Eleanor Cross* war für ihn das Symbol dafür, dass Liebe mit dem Tod nicht endete.

Und er stellte sich vor, wie schön es wäre, wenn Laurie und er Freunde sein könnten, Freunde, die sich liebten und die sich nie alleinlassen würden, wo auch immer sie sein mochten, weit entfernt oder nah beieinander, im Leben und im Tod.

Es würde nie so sein, das wusste er, doch gerade heute, an einem Tag, an dem es wieder so sehr weh getan hatte, sie zu sehen, war die Sehnsucht nach ihrer Freundschaft und Liebe größer als je zuvor.

Warum hörte das nicht auf? Warum nur hörte das nicht auf?

Die große Bahnhofshalle war voller Menschen, die sich jetzt in der abendlichen Rush-Hour auf den Weg nach Hause machten, zu ihren Frauen, ihren Männern, vielleicht ihren Kindern.

Auf manche mochte auch eine leere Wohnung warten, in der außer ihnen niemand lebte und in der sie einsam waren oder froh, allein zu sein. Oder manchmal das eine und manchmal das andere.

Viele der Leute, die er sah, würden sich bestimmt noch mit Freunden treffen, um gemeinsam Zeit zu verbringen, zu trinken, zu reden. Was auch immer.

Hier und da meinte Aaron Bellany unter den vielen Gesichtern eines zu erkennen, das ihm bekannt vorkam. Nicht wegen des äußeren Anscheins, sondern weil er unter der Oberfläche und vor allem in den Augen etwas sah, was er nur sehen konnte, weil es auch in ihm selbst wohnte.

Manchmal glaubte er sogar, es zu spüren. Die gleiche Traurigkeit, die gleiche Verlorenheit.

Dinge, die er auch hinter Lauries Fassade aus Genervtheit und Abschottung sah. Eine Verwandschaft, die ihm manchmal so klar erschien, dass er gar nicht begreifen konnte, warum sie sie nicht auch erkannte. Wollte sie das nicht sehen? Hatte sie Angst, es könnte ihr zu nahe gehen, wenn sie genauer hinsah?

Oder war dies alles nur Wunschdenken, etwas, das er sich einredete, weil er sich so nach irgendeiner Verbindung zu ihr sehnte? Einer verborgenen Verbindung, die sie eines Tages doch noch zusammenführen würde?

An einem Tag glaubte er an die tiefe Verbundenheit ihrer Seelen, glaubte, dass es genau so sein müsse. All seine tiefen Gefühle für sie konnten doch nicht einfach zufällig und umsonst sein. Und dann, am nächsten Tag schien ihm das alles Unsinn zu sein, seine Liebe sinnlos und auf ewig unerwidert. Es gab nichts, was Laurie und ihn verband. Gar nichts.

Und *er* war es, der *das* nicht sehen wollte.

Umfangen von seinen quälenden Gedanken war Aaron Bellany von der großen Halle aus die lange Rolltreppe hinunter zur U-Bahn Station von Charing Cross gefahren, dorthin, wo die Bahnen der Bakerloo Line und der Northern Line hielten.

Immer wenn er sich entschied, nach der Arbeit bei Foyles hierher zum Bahnhof zu laufen, fuhr er am Ende auf einer der beiden Linien eine Station weiter, bis Embankment und von dort mit der District Line zurück nach Whitechapel.

Dies würde er auch heute tun, doch zuvor wollte er noch einen Blick in jenen Korridor mit der verschlossenen, metallenen Tür werfen, hinter der sich das verbarg, was ihn vielleicht am meisten an diesem Bahnhof faszinierte. Die aufgegebenen, verlassenen Tunnel von Charing Cross.

Zwanzig Jahre lang, ab 1979, war Charing Cross auch eine U-Bahn Station auf der Jubilee Line gewesen, bevor nach einem verwirrenden Hin und Her im Stadtparlament entschieden wurde, die Streckenführung dieser Linie komplett zu verändern, um sie wesentlich weiter in den Osten der Stadt verlaufen zu lassen. Dies hatte schließlich, im Jahre 1999 zur Schließung der Jubilee Line-Station in Charing Cross geführt.

Zu diesem Zeitpunkt war jedoch schon mit den Arbeiten zur, ursprünglich geplanten, Erweiterung der Linie in Richtung City begonnen worden, ein

Vorhaben, das nun, nach den neuen Beschlüssen, aufgegeben werden musste.

Aaron Bellany bezweifelte, dass irgendjemand das Chaos der Planungen beim Londoner U-Bahn-Bau wirklich überblickte und verstand. Er jedenfalls tat es nicht.

Aber er wusste, was nach der Schließung der alten Jubilee Line unter Charing Cross übriggeblieben war.

Zwei Versorgungs- und Zugangstunnel führten von der Station aus, unter Trafalgar Square entlang, in Kurven um das Fundament von Nelsons Column herum, bis unter die National Galerie. Offenbar war es während der Bauarbeiten nicht möglich gewesen, anderweitig Zugang zum Untergrund von Charing Cross zu schaffen.

Außerdem existierten die beiden begonnenen Tunnel Richtung City, die fast bis Aldwych reichten, einer weiteren, aufgegebenen Londoner 'Ghost Station'.

Dann gab es die Ventilationstunnel, die zur Belüftung der Arbeitstunnel gedient hatten und an deren Ende mächtige Luftschächte nach oben und dort, in Dachhöhe der umgebenden Gebäude, ins Freie führten, aber auch nach unten, zu anderen U-Bahn Plattformen, die noch in Betrieb waren.

Und natürlich die Jubilee Line Station selbst, die leeren Rolltreppen, die hinunterführten zu den Bahnsteigen, auf denen niemand mehr auf Züge wartete.

Das alles war im Grunde kein Geheimnis. Es gab

Führungen durch die alten Tunnel und Aaron Bellany hatte schon an mehreren teilgenommen. Sie waren den Röhren aus großen Beton- und Metallringen gefolgt, hatten die Ventilationsschächte emporgeblickt, zum Tageslicht weit oben, versucht, all die Beschriftungen auf den Bauteilen zu entziffern und den hohlen Echos ihrer Stimmen gelauscht, die hier unten aus allen möglichen Richtungen zu kommen schienen.

Doch es gab noch Geheimnisse in den alten Anlagen, die während der Führungen nicht gelüftet wurden.

Denn dort, wo die Tunnel endeten, waren neue Wände errichtet worden, mit kleinen, verschlossenen Türen, die verbargen, was sich dahinter befand. Türen führten normalerweise irgendwo hin.

Und das war Stoff für Aaron Bellanys Tagträume und Phantasien. Alles Mögliche hatte er sich schon ausgemalt, war in unbekannten Gängen im Untergrund der Stadt gewesen, auf der Suche nach lange vergessenen Dingen, die dort auf ihre Wiederentdeckung warten mochten.

Aber heute, während er auf die U-Bahn wartete, dachte er zum ersten Mal ernsthaft daran, einen seiner zahlreichen Traumpläne zum unbemerkten Vordringen hinter die verschlossenen Türen, in die Tat umzusetzen.

Irgendwie erschreckte ihn dieser Gedanke so sehr, dass er ihn gleich wieder vergaß und während der ganzen Fahrt bis Whitechapel nur noch Laurie Avondale vor sich sah. Laurie, die sich immer wieder abwandte. Und er sah sich selbst, wie er zurück blieb, hoffend, dass sie sich noch einmal umdrehte. Zu ihm.

4
Nebelfängers East End

Am Wochenende zogen schwere Gewitter über den Osten der Stadt. In der schwül-heißen Luft bildeten sich gewaltige, dunkle Wolkenberge, unter denen eine noch dunklere Decke aus feuchtem Dunst hing, aus der sich einzelne Fetzten lösten und irgendwie Richtung Erde gezogen zu werden schienen. Als sich dann die aufgestaute Energie am Himmel entlud, gab es eine ganze Reihe von Blitzeinschlägen und die Regenmassen aus den Wolken führten in vielen Straßen Whitechapels und der angrenzenden Viertel zu heftigen Überschwemmungen, weil die Kanalisation das viele Wasser schon bald nicht mehr aufnehmen konnte.

Kaum dass das Schlimmste vorüber war, hörte man die ersten Sirenen von Feuerwehrfahrzeugen oder solche anderer Hilfsdienste, die auf dem Weg waren, um Keller leerzupumpen oder eventuelle, durch Blitze verursachte Brände zu löschen.

Aaron Bellany liebte solche Weltuntergangsstimmungen. Liebte es, wenn sich mitten am Tag der Himmel verdunkelte und das Tageslicht dem gelben Gewitterlicht wich, welches das baldige Losbrechen der Katastrophe ankündigte. Die Stille, die herrschte, kurz bevor die Naturgewalten die Erde heimsuchten.

Aber er liebte auch die Stimmung in den Straßen, wenn es vorbei war. Wenn sich die ersten Überlebenden langsam wieder aus ihren Unterschlüpfen trauten und begannen, aufzuräumen, froh, davongekommen zu sein. Er wusste, dass das etwas überzogen formuliert war, aber er wollte es so sehen. Man hätte auch einfach sagen können, dass es schön war zu sehen, wie die Menschen, die sich während des Unwetters irgendwo untergestellt hatten, ihre normalen Tätigkeiten wieder aufnahmen.

Seine Wohnung in der Vallance Road war klein. Sie lag im vierten Stock und bestand aus einem Wohnraum, einem Schlafraum, einem winzigen Bad und so etwas wie einer Kochnische.

Alle Fenster gingen hinaus auf einen schäbigen Innenhof und man konnte nur einen kleines Stück des Himmels sehen, oben zwischen den umliegenden Gebäuden.

Am Sonntagnachmittag hatte er wegen der Hitze alle Fenster geöffnet, doch das brachte keine Abkühlung. In der Schwüle klebte das T-Shirt an seinem Rücken, während er am Wohnzimmerfenster stand und sah, wie sich an seinem kleinen Himmelsausschnitt schon wieder dunklen Wolken zusammenzogen. Bald würde sich ein weiteres Gewitter über der Stadt entladen.

Und Aaron Bellany lauschte. Auf die Stille. Auf das Toben der Elemente. Dann auf das Wiedererwachen des Lebens in den Straßen.

Nur einmal, als der Regen so schräg fiel, dass er drohte, die Wohnung unter Wasser zu setzen, schloß er kurz die Fenster.

Hatte es auch in Lower Clapton Gewitter gegeben? Dort, wo Laurie lebte?

Natürlich hatte er damals, nach ihrem einzigen längeren Gespräch auf dem Bürgersteig vor Foyles nachgesehen, wo Lower Clapton lag. Und mit Hilfe eines altmodischen Faltplans der Stadt herausgefunden, dass es Teil des Bezirkes Hackney war, der im Norden an Tower Hamlets grenzte.

Lauren Avondale wohnte gar nicht so weit weg, vielleicht zwei bis drei Kilometer von Whitechapel entfernt. Von ihm entfernt.

Aber was nutzte das? Sie *war* weit weg, selbst wenn sie nebenan gewohnt hätte.

Sie war immer in seinen Gedanken, seine Gedanken bei ihr und doch nutzte das alles nichts, solange sie es nicht wusste. Vielleicht hätte es sie dann ja irgendwie berührt.

Manchmal konnte Aaron Bellany das alles nicht verstehen, hatte oft gedacht, dass es jemand doch spüren musste, wenn man so wehmütig, voller Sehnsucht und Liebe an ihn dachte. Wenn man um ihn weinte. Oder, dass man es dem anderen ansehen musste.

Doch er glaubte das jetzt nicht mehr. Dass andere Menschen es fühlten, wenn man so intensiv an sie dachte, war ein Märchen. Es war sinnlos. Nur dazu da, wehzutun.

Sie hatte ihn gegrüßt an den Tagen seit Mittwoch,

ja, aber ohne ihn wirklich anzusehen, im Vorbeilaufen, damit keine Gelegenheit blieb, noch etwas anderes zu sagen.

Und das nicht, weil sie irgendwie schlecht gelaunt gewesen wäre. Er hatte gesehen, wie sie mit den anderen scherzte und lachte, sie ansah, sich lange mit ihnen unterhielt.

Auch mit ihm konnte man Spaß haben, dachte er, konnte man herumalbern, absichtlich blödes Zeug reden, lachen. Eigentlich war er sogar bekannt gewesen für seine trockenen Sprüche und Kommentare.

Doch mit Laurie konnte er das nicht mehr. Zu tief war der Schmerz, wenn er sie sah, zu groß das Verlangen nach ihrer Freundschaft, als dass er noch lockeren Smalltalk hätte machen können. Nicht, wenn so vieles unausgesprochen war und schwer auf seiner Seele lastete.

Vielleicht sah sie ihm das ja an und wollte sich genau damit nicht befassen.

Aaron Bellany hielt den Kopf aus dem Fenster. Das Gewitter hatte keine Abkühlung gebracht, sondern die warme Luft nur noch feuchter gemacht. Von unten, aus den Mülltonnen im Innenhof zogen unangenehme Gerüche herauf und schienen sich genau auf der Höhe seiner Wohnung zu sammeln.

Whitechapel war seine erste Wahl gewesen, als er damals in London nach einer Wohnung gesucht hatte. Andere hätten vielleicht von Mayfair geträumt oder Bloomsbury, von besseren Gegenden eben, aber er hatte genau hierher gewollt.

Nicht, weil die Mieten hier noch halbwegs bezahlbar gewesen waren, sondern weil Whitechapel und das East End genauso untrennbar zu seinem Bild von dieser Stadt gehörten, wie der Nebel.

Sie waren genauso berühmt-berüchtigt gewesen wie dieser. Früher, als es sein altes London noch gegeben hatte.

Das East End seiner Träume war jenes vom Ende des neunzehnten und vom Beginn des zwanzigsten Jahrhunderts, als London die größte Stadt der Erde gewesen war. 1901, im Todesjahr Queen Victorias, lebten 4,5 Millionen Menschen in der britischen Hauptstadt, davon mindestens 500.000 im East End, einem Bezirk, der sich, seit Beginn der Industriealisierung in der zweiten Hälfte des neunzehnten Jahrhunderts, zu einem einzigen riesigen Armenviertel entwickelt hatte.

Das East End war verwahrlost und dreckig, bevölkert von einem Heer meist unterpriviligierter, ungebildeter Arbeiter, die in den Industrieanlagen schufteten oder unten an der Themse, in den Docks von Wapping, Limehouse oder Poplar.

Tag und Nacht durchstreiften Seeleute das Viertel auf der Suche nach Vergnügen, während ihre Schiffe im Hafen vor Anker lagen.

Bordelle und Armenhäuser, Straßenprostitution und Verbrechen, Hunger und Elend bestimmten das Bild in den, mit Müll und Fäkalien übersäten Straßen und Gassen. In dem allgegenwärtigen Dreck gediehen die widerlichsten Krankheiten, lebten Millionen von Ratten und alles mögliche andere Ungeziefer.

An schwül-heißen Sommertagen wie heute, dachte Aaron Bellany, musste ein bestialischer Gestank geherrscht haben, angereichert noch durch die Kohleabgase aus den Schloten der Fabriken, die die Industrealisierung wie Pilze aus dem Boden hatte schießen lassen.

Und während im feinen Westend die besseren Herrschaften ihre üppige Freizeit im Hydepark oder im Regentspark mit Flanieren verbrachten, hatte im schmutzigen Sumpf des East End im Spätsommer 1888 die vielleicht größte Legende des Stadtteils sein grausames Werk begonnen.

Fünf Prostituierte fielen von August bis November einem unbekannten Killer mit dem Pseudonym 'Jack the Ripper' zum Opfer, der die Frauen brutal abschlachtete und verstümmelte, um nach dem fünften Mord spurlos wieder von der Bildfläche zu verschwinden.

Die Vallance Road, in der Aaron Bellany wohnte, lag mitten im ehemaligen Wirkungsgebiet des Rippers und manchmal, wenn er das Bedürfnis hatte, in einen seiner Nebel abzutauchen, sah er die finstere Gestalt des Mörders vor seinem geistigen Auge durch die engen, unbeleuchteten Gassen Whitechapels streifen und nach Opfern Ausschau halten.

Doch was ihn am alten East End berührte waren nicht die Verbrechen von damals, die Armut, die Prostitution, der Dreck und all das. Es war die Traurigkeit, die dahinter stand, die Verzweiflung und die Hoffnungslosigkeit.

Aaron Bellany war ein Kind der Traurigkeit und Traurigkeit zog ihn an.

Den früheren Londoner Osten gab es nicht mehr. Schon lange war der Hafen weit hinauf, Richtung Themsemündung verlegt und die alten Lagerhäuser der Docks zu modernen Büro- oder Wohnkomplexen umgebaut worden. Viele Bezirke von Tower Hamlets hatten sich zu sogenannten In-Vierteln entwickelt, Straßen wie Brick Lane zu angesagten Locations.

Aber das East End der Jahrhundertwende existierte noch in Aaron Bellany und an manchen Tagen malte er sich aus, dass er dort lebte. Alleine inmitten all der Traurigkeit, weit weg von allen Menschen, die er einmal hätte lieben können und ohne Hoffnung.

Diese Vorstellung half ihm, wenn Einsamkeit und Sehnsucht seine Seele hatten verstummen lassen, wenn er keine Worte mehr fand für das, was in ihm vorging. Wenn er aufgeben wollte.

Oft hatte er den Gedanken, tatsächlich wegzugehen, an einen verlorenen Ort irgendwo am Ende der Welt, um, ohne noch irgendetwas zu ersehnen, die Tage, die ihm noch blieben, einfach vorbeigehen zu lassen.

Der Schmerz in seinem Herzen und die Hoffnungslosigkeit wären groß dort, weil er Laurie nie mehr wiedersehen würde, aber auf die Dauer vielleicht einfacher zu ertragen, als all das, was er fühlte, wenn er sie jeden Tag sah und doch nicht zu ihr konnte.

Zwei oder drei einzelne Tränen rannen ihm über die Wangen und er wischte sie mit dem Handrükken weg. Es regnete nicht mehr und Aaron Bellany beschloß, noch ein wenig hinauszugehen, vielleicht hinüber ans andere Ufer des Flusses, wo hinter Butler's Wharf die Straße Shad Thames verlief und wo London erstaunlicherweise beinahe unverändert so geblieben war, wie im, ansonsten lange vergangenen, viktorianischen Zeitalter.

Und, obwohl es keinen Grund gab, dies anzunehmen und es auch noch nie so gewesen war, dachte er, dass vielleicht Laurie irgendwo unten in den Straßen um seinen Wohnbock war, weil sie doch an ihn gedacht hatte und gekommen war, um ihn zu sehen.

Natürlich war sie nicht da und ihm wurde kurz schwindelig, weil er sich, während er die ersten Schritte auf der Vallance Road tat, an die Realität hier draußen gewöhnen musste, die seine Vorstellung von einer Lauren Avondale, die auf ihn wartete, plötzlich absurd erscheinen ließ.

Doch trotz des Stechens im Bauch, das er fühlte, als das Fünkchen Hoffnung, das er tatsächlich gehabt hatte, zerstob, fing er sich schnell, überquerte die Whitechapel High Street und machte sich durch das Gewirr der Straßen und Gassen auf den Weg hinunter zum Fluss.

Auf der Tower Bridge blieb er für einen Moment stehen und blickte über das Wasser der Themse nach Westen, wo sich am Himmel eine weitere Front dunkler Wolken aufbaute.

Hoffentlich geriet er nicht in ein Unwetter, dachte er, während er hinübersah zu den Hochhausgebirgen der City, die so gar nicht zu seinem London passten, dem London, in dem St. Paul's Cathedral das höchste Gebäude gewesen war und ihre Kuppel weit über das Häusermeer hinausgeragt hatte.

Heute musste man sie suchen, wenn man über die Stadt blickte, weil die Wolkenkratzer sie manchmal winzig erscheinen ließen. Was seit 2012 als Erstes ins Auge fiel, war das 310 Meter hohe Monstrum aus Stahl und Glas, genannt 'The Shard', die Scherbe, drüben am südlichen Ufer, direkt vor der London Bridge Station.

Aaron Bellany wandte sich ab und fragte sich, wie es so weit hatte kommen können.

Der Wind, der ihm auf der Brücke ins Gesicht wehte und seine Haare zerzauste, war warm und kühlte nicht und er erinnerte ihn an Laurie. Wieder fühlte er den Schmerz im Bauch, denn aus irgendeinem Grund gehörten die Bilder von ihr, wie sie mit wild wehenden Haaren vor Foyles im Wind stand und versuchte, eine Zigarette zu entzünden, zu den schönsten Erinnerungen an sie und zu denen, die am meisten weh taten.

Mehrere Male hatte er sie so dort erblickt, von den Fenstern seiner Reiseliteraturabteilung aus oder wenn er zur Arbeit gekommen war und er konnte einfach nicht vergessen, wie wunderbar sie dabei ausgesehen hatte.

Die Bilder verblassten, als er jetzt Bermondsey erreichte, den Stadtteil am Südufer der Themse, in dem Butler's Wharf lag und dahinter Shad Thames, eher eine Gasse als eine Straße, deren Name sich aber als Bezeichnung für das ganze, südlich von ihr liegende Viertel eingebürgert hatte. Shad Thames.

Tatsächlich sah es hier noch so aus, wie zu Queen Victorias Zeiten. Zumindest äußerlich.

Hohe, dunkle Backsteinbauten erhoben sich zu beiden Seiten der schmalen, gepflasterten Gasse, mit kleinen Fenstern und oben, hoch über den Köpfen der Passanten, verbunden durch die alten Gebäude-brücken, über die einst Fässer gerollt und andere Waren zwischen den Lagerhäusern hin und her transportiert worden waren.

Shad Thames war nicht mehr das, was Charles Dickens vor langer Zeit als eine der dreckigsten und widerwärtigsten Gegenden Londons beschrieben hatte. Die großen, düsteren Gebäude beherbergten jetzt teure Eigentumswohnungen und in den Erdge-schossen fanden sich schicke Läden, Cafés und Re-staurants. Doch mit etwas Phantasie, und Aaron Bellany besaß mehr als genug davon, konnte man eine beeindruckende Vorstellung davon bekommen, wie es hier um die Wende vom neunzehnten zum zwanzigsten Jahrhundert ausgesehen haben musste.

Er wanderte die Gasse hinauf und hinunter bis die Sonne im Westen vom Himmel verschwand, dann entschied er sich dazu, den Heimweg anzutre-ten.

Die ganze Zeit hatte er versucht, Laurie aus seinem Kopf zu bekommen, doch es war ihm nicht gelungen. Sie war immer da, selbst wenn er nicht direkt an sie dachte.

Als er in dieser Nacht im Bett lag, meinte er, das Blut in seinen Adern hören zu können. Oder war es das Flüstern des Sommerregens, der draußen vor dem Fenster wieder eingesetzt hatte?

Er fühlte sich selbst verblassen, glaubte zu spüren, wie er langsam verschwand, mehr und mehr aufgezehrt von seiner verzweifelten Liebe.

Irgendwann, kurz bevor er einschlief, nahm er sich vor, nichts mehr zu erwarten, nicht mehr auf Lauries Zuneigung zu hoffen, nicht mehr danach zu suchen. Er wusste nicht, wie oft er schon versucht hatte, dies zu tun. Vielleicht würde es ihm dieses Mal gelingen.

Man sagte, dass Dinge manchmal von selbst zu einem kamen, wenn man aufhörte, nach ihnen zu suchen. Möglicherweise war das so, dachte er. Aber manchmal war es dann schon zu spät.

5
Newgate und Old Bailey

Nach zwei Tagen musste er sich eingestehen, dass es nicht ging.

Den ganzen Montag über und den Dienstag hatte er Laurie nicht weiter beachtet, hatte zur Begrüßung nur kurz die Hand gehoben, aber nicht mehr gefragt, ob alles gut war bei ihr.

Er war seiner Arbeit nachgegangen, ohne darauf zu achten, ob sie vielleicht in der Nähe war und was sie gerade tat.

Wenn es dienstliche Angelegenheiten abzusprechen gab, tat er dies mit anderen Kollegen oder Kolleginnen, plauderte ein wenig mit ihnen und auf seinen Wegen durch die Buchhandlung achtete er darauf, nicht an der Kinderbuchabteilung vorbeizukommen.

Natürlich begegneten sie sich im Laufe der Tage trotzdem hier und da, doch auch dann sah er sie höchstens flüchtig an, lächelte vielleicht kurz und ging ansonsten einfach an ihr vorbei.

Manchmal kam es ihm vor, als würde sie sein verändertes Verhalten bemerken, als sei sie in dem einen oder anderen Moment sogar etwas irritiert davon.

Ihr Blick schien irgendwie verändert und ihm fiel auf, dass sie öfter als sonst zu ihm hinübersah, wenn sie in dem großen Buchladen in gegenseitiger Sichtweite waren.

Aaron Bellany nahm sich vor, darauf nicht einzugehen. Er wollte nicht wieder erleben, schroff zurückgewiesen zu werden und er hatte das Gefühl, dass genau das passieren würde, sollte er doch noch einmal versuchen, Kontakt zu ihr aufzunehmen, mit ihr zu sprechen.

Doch sein Vorsatz, das alles nicht mehr an sich heranzulassen, begann schon im Laufe des Dienstagnachmittag zu bröckeln, weil er spürte, dass er es nicht würde durchhalten können.

Am Montagabend war er einfach gegangen, ohne sich von Laurie zu verabschieden, ohne das kurze 'Tschüß, bis Morgen', das zu sagen ihm jeden Tag so wichtig war und es war ihm so schwer gefallen, dies zu tun, dass er sich danach ganz mies und elend gefühlt hatte. Als hätte er einen Verrat begangen.

Laurie dagegen ging oft, ohne etwas zu ihm zu sagen und jedesmal fragte er sich, wie das sein konnte, wo er sich doch so sehr wünschte, sie würde ihn nicht vergessen.

Und jetzt, am Dienstagabend, fiel sein Versuch, sich von ihr zu lösen, in sich zusammen.

Natürlich hatte er sie auch diese beiden letzten Tage wahrgenommen, irgendwie sogar noch intensiver, als zuvor. Es war, als ob es nicht sein sollte, dass er sich von ihr entfernte.

Je mehr er versuchte, es sich egal sein zu lassen, desto schöner und anziehender wurde Laurie.

In der Hoffnung, ihren Zauber vielleicht zu mindern, rief er sich in Erinnerung, wie verletzend und herabsetzend ihr Verhalten ihm gegenüber oft gewesen war, bemühte sich, wiederzufinden, was ihm am Anfang, als sie bei Foyles angefangen hatte, noch gar nicht so attraktiv erschienen war.

Aber es nutzte nichts. Alles, was er von ihr sah, während der Arbeit im Buchladen oder, außerhalb dieser Zeit, in seinem Kopf, war schön und besonders.

Die Adern auf ihren Handrücken, die Art und Weise, wie sie beim Gehen die Füße aufsetzte, ihr gerader, aufrechter Rücken, die harten Linien ihres Gesichtes, wenn sie angespannt oder genervt war.

Aaron Bellany hätte die Liste fast endlos fortsetzen können. Es schien nichts zu geben, was es seinem Herzen ermöglicht hätte, sich von Laurie zu trennen.

Im Gegenteil, jeder Versuch, dies zu tun, führte dazu, dass sich ihr Wesen tiefer in ihm einbettete und seine Sehnsucht nach ihr nur umso größer wurde.

Wahrscheinlich war er allein es, der aus irgendwelchen Gründen einfach nicht loslassen wollte, doch manchmal hatte Aaron Bellany das Gefühl, eine höhere Macht, Gott, wolle nicht, dass er Laurie aufgab. Vielleicht, weil es seine Aufgabe war, noch irgendetwas für sie zu tun, auch wenn er sich nicht vorstellen konnte, was dies sein sollte. Er wusste gar nicht, ob er dieses Gefühl zuvor überhaupt schon einmal gehabt hatte. Bei jemand anderem.

Und außerdem entsprangen diese Gedanken doch sowieso nur dem Bemühen, sich für etwas Besonderes zu halten. Wer war er denn, dass er etwas Wichtiges für sie hätte sein können?

Als er am Dienstag bei Feierabend den Buchladen verließ und auf die Charing Cross Road hinaustrat, schmerzte sein ganzer Körper und sein Kopf dröhnte, weil das Verhalten, das er die letzten beiden Tage Laurie gegenüber gezeigt hatte, so sehr dem widersprach, was sein Herz wollte. Es machte ihn krank.

Er wollte sie nicht ignorieren, ihr nicht aus dem Weg gehen. Er wollte einfach nur bei ihr sein, in ihrer Nähe.

An diesem Abend ging er hinauf zur Station Tottenham Court Road, um von dort aus mit der Central Line bis St. Paul's zu fahren. Eigentlich hätte er sich hinlegen müssen, so zerschunden fühlte er sich, doch heute hatte er Angst vor all den Gedanken und Bildern in seinem Kopf und wollte nicht alleine zu Hause sein.

Der Sommer war warm und schön in diesem Jahr und die Abendsonne tauchte die Gebäude der Newgate Street in weiches, angenehmes Licht, als Aaron Bellany aus der Station St. Paul's hinaus ins Freie kam. Es hatte keine Gewitter mehr gegeben seit dem Wochenende und auch jetzt war der Himmel blau und fast wolkenlos. Es würde noch lange hell bleiben.

Er entzündete eine der zerknitterten Zigaretten, die er in der U-Bahn schon vorgedreht hatte und blieb einen Moment lang einfach stehen, um das Treiben auf der Straße zu betrachten.

Viele Leute waren noch unterwegs, um das Wetter zu geniessen. Heute leerte sich die City nicht so schnell wie dies an trüberen Tagen oft der Fall war, wenn nach Feierabend die Straßen hier fast wie ausgestorben wirkten, nachdem die ganzen Pendler aus ihnen verschwunden waren. In die City kam man zum Arbeiten und danach verließ man sie wieder. Aaron Bellany glaubte nicht, dass das Viertel besonders viele feste Einwohner hatte.

Nachdem er die Zigarette fast aufgeraucht hatte,

machte er sich auf den Weg, vielleicht zweihundert Meter die Straße hinauf, zu dem Ziel, das er heute Abend ins Auge gefasst hatte. Es war ein Ort, der viel mit dem London seiner Träume zu tun hatte, mit der alten Stadt, den alten Geschichten: Der Central Criminal Court, genannt Old Bailey, erbaut an der Stelle, an der einst das berüchtigte Newgate Prison gestanden hatte, ein Gefängnis, das über Jahrhunderte hinweg eine der düstersten Örtlichkeiten der Stadt gewesen war.

Es war seine Hoffnung gewesen, hier irgendeine Art von Ablenkung zu finden, seine Phantasie durch die alten Gebäude beflügeln lassen zu können, um alles andere eine zeitlang zu vergessen.

Doch schon auf dem Weg hatte er gemerkt, dass ihm dies heute nicht gut gelang. Und zum ersten Mal, vielleicht in seinem ganzen bisherigen Leben, befürchtete Aaron Bellany, er könne die Fähigkeit zum tagträumen verlieren und keinen Nebel mehr finden, der die Schmerzen dämpfte, der Liebe für ihn noch möglich erscheinen ließ, irgendwo zwischen den Dunstschleiern.

Seine Augen waren feucht, als er vor dem wuchtigen Gebäude von Old Bailey stand und hinauf zur kupfergedeckten Kuppel blickte, die von einer Bronzestatue der Justitia gekrönt wurde.

Durch die Tränen hindurch konnte er die Figur nur verschwommen erkennen, doch er wusste, dass sie in der einen Hand ein Schwert und in der anderen eine Waage hielt. Und dass ihre Augen, im Gegensatz zu den üblichen Justitia-Darstellungen, nicht verbunden waren.

Er hatte nie herausfinden können, warum dies so war. Offenbar fällte die Dame in London ihre Urteile nicht ohne Ansehen der Person.

Old Bailey, der Central Criminal Court, war 1907 fertiggestellt worden und seitdem hatten eine Menge bedeutender, spektakulärer Prozesse hier stattgefunden.

Aaron Bellany erinnerte sich noch an den, vorerst letzten, berühmt gewordenen Fall. Den des sogenannten 'Yorkshire Rippers', der zwischen 1975 und 1980 dreizehn Frauen ermordet hatte und 1981 in Old Bailey zu lebenslanger Haft, ohne Aussicht auf Bewährung verurteilt worden war.

Damals noch in Newcastle, weit weg von London, hatte er die Ereignisse im Fernseher verfolgt, angereichert mit seinen Traumvorstellungen von der großen Stadt im Nebel, durch deren Straßen finstere Verbrecher schlichen.

Er wusste nicht, wo der 'Yorkshire Ripper' seine Strafe absaß, doch in den Zeiten als, genau dort, wo sich heute Old Bailey befand, noch das Newgate Prison gestanden hatte, wäre er vielleicht in dessen Verließen gelandet und hätte im Finsteren, inmitten von Dreck und Gestank auf seine Hinrichtung gewartet.

Newgate Prison hatte von 1188 bis 1902 existiert und war Zeit seines Bestehens der Inbegriff des Vorhofes der Hölle gewesen. Seine bloße Erwähnung hatte im ganzen Land und darüber hinaus Angst und Schrecken ausgelöst, angesichts der unvorstellbar grausamen Zustände in seinen dunklen Kerkern.

Im 18. Jahrhundert war das alte Gefängnis durch einen Neubau ersetzt worden, hinter dessen hohen, steinernen, jetzt noch düsterer wirkenden Mauern der Horror unvermindert weiterging.

Später im selben Jahrhundert, 1783, wurden die Londoner Galgen von Tyburn zum Außengelände von Newgate verbracht und die dort dann stattfindenden öffentlichen Hinrichtungen zogen regelmäßig große Zuschauermassen an. Tyburn, seit 1196 Londons Galgenplatz, hatte zu dieser Zeit noch außerhalb der Stadt gelegen, ein Dorf in der Grafschaft Middlesex und schon dort waren die Exekutionen der Verurteilten von großer Anziehungskraft gewesen. Doch jetzt, vor Newgate im Zentrum Londons wurden sie erst richtig zum Spektakel für die Bevölkerung, die sich am Elend der Gehängten ergötzte.

Heute, wusste Aaron Bellany, war der Ort Tyburn ein Teil der City of Westminster, gelegen an der Ecke Bayswater Road/Edgeware Road, ungefähr am Standort des Marble Arch. Eine Plakette im Boden erinnerte dort an die einst so trostlose Gegend, in der so viele Menschen ihr Leben gelassen hatten.

Newgate Prison wurde 1858 mit einzelnen Zellen ausgestattet, um das furchtbare Dasein der Insassen etwas zu verbessern, die bis dahin eng neben- und übereinander, in ihren eigenen Ausscheidungen liegend dahinvegetiert waren. Zehn Jahre später verlegte man die Galgen ins Innere, hinter die Gefängnismauern, damit die Hinrichtungen den Blikken der Schaulustigen entzogen waren.

Sicher war dies eine große Erleichterung für die direkten Anwohner gewesen, doch Newgate blieb bis zu seiner Schließung im Jahre 1902 und dem Abriß zwei Jahre später ein Grauen im Leben seiner Nachbarn, die zu manchen Zeiten kaum noch ihre Häuser verließen, wegen der Schreie und des Gestanks aus dem Inneren der Verließe.

Aaron Bellany schauderte bei der Vorstellung.

Es waren weniger die unsäglichen Zustände in Newgate, die seine Phantasie beflügelten, sondern vielmehr die traurigen Geschichten der Häftlinge, die hier gelandet waren. Manche prominent, wie zum Beispiel der Pirat Captain Kidd, der 1701 in den Kerkern von Newgate auf den Galgen wartete, während seine zusammengeraubten Schätze auf fernen Inseln versteckt lagen und ihm nichts mehr nutzten, andere unbekannt und namenlos, aber alle verloren, am Ende ihrer Wege angelangt, an einem der furchtbarsten Orte, an denen man sein konnte.

Seine Gedanken wurden unterbrochen, als sein Blick hinüber zur anderen Straßenseite wanderte, wo an der Ecke 'The Viaduct Tavern' lag, ein alter, fast originaler, viktorianischer Gin Palace.

Das Treiben vor der Kneipe brachte ihn zurück in die Realität des Sommerabends und mit einem Stich im Bauch dachte er wieder an Laurie. Die Realität war, dass sie nicht hier war bei ihm und dass er sie für einige Minuten vergessen hatte. Irgendwie erschreckte und schmerzte ihn beides. Er durfte sie doch nicht vergessen. Wie konnte er das tun? Und dann kehrte mit Macht alle Traurigkeit zurück und Aaron Bellany empfing sie mit offenen Armen. Die Traurigkeit war der Beweis seiner Liebe und er war froh, dass sie noch da war.

Eigentlich hatte er vorgehabt, sich noch einmal die Zellen im Keller der 'Viaduct Tavern' anzusehen. Er war schon einmal dort gewesen, wusste, dass hinten im Lokal eine schmale Treppe hinabführte in den Untergrund des Lokals, wo zwischen Fässern und anderem Gerümpel rostige Zellengitter lose im verotteten Mauerwerk hingen und kleine, enge Verließe bildeten.

Gerüchte besagten, dass dies einst ausgelagerte Zellen des Newgate Prison gewesen waren, verbunden mit dem Hauptgefängnis durch einen Tunnel unter der Straße.

Beweisen ließ sich das nicht, doch Aaron Bellany mochte die Vorstellung.

Er verwarf sein Vorhaben, diese Keller dort drüben aufzusuchen, weil er jetzt Laurie so sehr vermisste, dass er keine Kraft mehr hatte.

Stattdessen stellte er sich vor, er würde zur Weihnachtszeit in einem der dunklen Zellenblöcke von Newgate Prison sitzen, zusammen mit allen anderen Verlorenen, während draußen der erste Schnee fiel, Schnee, den er nie mehr sehen würde, dessen Geruch er nur wahrnehmen konnte zwischen all dem Gestank ringsumher.

Wieder füllten sich seine Augen mit Tränen. Das war wie das Fernsein von Laurie, das er fühlte und in dem alles andere keine Bedeutung mehr zu haben schien. Nur noch die Traurigkeit.

6
Ein Park für die Königin und die Armen

Er sah sie auf einer der gepolsterten, schmalen Bänke sitzen, die rund um den großen Büchertisch der Kinderbuchabteilung platziert waren, auf einer freien Fläche zwischen den Regalen.

Nicht nur hier, sondern auf allen Etagen von Foyles gab es solche Tische, die die Besucher zum Verweilen, zum Stöbern oder zum Lesen einladen sollten, doch es war jener in Lauren Avondales Abteilung, wo Aaron Bellany das sah, von dem er später glaubte, dass es sein Herz hatte beginnen lassen zu sterben.

Er hatte an diesem Freitag eine Menge Kunden zu beraten gehabt, die heute vor allem an Literatur über die Ostküste der USA, aber auch über die Inselwelt der Karibik, insbesondere Kuba interessiert gewesen waren.

Zudem hatte er eine Lieferung neuer Bücher einsortieren müssen, sodass er erst um die Mittagszeit herum, es mochte vielleicht gegen 12.30 Uhr gewesen sein, die Gelegenheit fand, seine Abteilung zu verlassen, um nach Laurie Ausschau zu halten.

Manchmal fand er es schwer auszuhalten, sie über längere Zeit nicht, wenigstens einmal kurz, irgendwo gesehen und vielleicht einen Blick von ihr erhascht zu haben.

Auch an den beiden vorherigen Tagen waren sie sich kaum begegnet. Nur einmal hatte Laurie ihn gefragt, ob eventuell etwas über die Heimat von Astrid Lindgren bei ihm in den Regalen zu finden wäre. Kunden von ihr hatten Interesse an entsprechender Literatur gezeigt.

Es war ein kurzes Gespräch in geschäftsmäßigem Tonfall gewesen, aber sie hatten sich in die Augen gesehen. Ihre wundervollen Augen, an deren Farbe er sich merkwürdigerweise immer gar nicht genau erinnern konnte, wenn er an sie dachte.

Er werde nachsehen, hatte er gesagt und Laurie war ohne viele weitere Worte wieder verschwunden, mit ihren fliegenden Haaren eine der Treppen hinunter, Richtung Foyer.

Er hätte gerne gewusst, ob sie in seinen Augen die Traurigkeit sah oder etwas von dem, was er für sie empfand, doch er würde sie das nie fragen können. Und sie würde nie etwas sagen.

Und dann hatte er sie heute dort sitzen sehen. Laurie und Ruben Thurloe oder Thurlawn. Er war sich nicht sicher, was den Nachnamen des neuen Kollegen betraf, der vor wenigen Wochen ins Team von Foyles aufgenommen worden war. Ein junger Mann, irgendwas Mitte Zwanzig, glaubte er.

Natürlich war es nichts Außergewöhnliches, dass Kollegen manchmal zusammenstanden oder- saßen und sich unterhielten. Aber nicht in diesem Fall. Nicht für Aaron Bellany. Er sah etwas anderes. Es war die Art, *wie* die beiden dort zusammen waren.

Sie saßen eng nebeneinander auf der Bank, mit dem Rücken an den Büchertisch gelehnt, die Beine ausgestreckt und sahen einfach vor sich hin. Laurie hatte eine Tasse Kaffee in der Hand und Ruben aß irgendetwas aus einer Lunchbox.

Es war die Selbstverständlichkeit, mit welcher sie dort saßen. Wie Freunde.

Laurie sagte etwas und Ruben nickte, sah sie an und lächelte. Dann blickten sie wieder schweigend in der Kinderbuchabteilung umher, beobachteten die wenigen Kunden, die irgendwo in den Regalen stöberten und es sah so schön aus, wie sie so da saßen, sich einfach wohlfühlten mit dem Anderen an der Seite, ohne viel reden zu müssen.

Aaron Bellany tat dieser Anblick so weh, dass ihm heiß wurde und der Boden unter seinen Füßen weich zu werden schien. Er hörte die beiden lachen, aber das kam schon wie aus weiter Ferne. Sein Körper fühlte sich taub an, als er sich abwandte und wie in Trance den Weg zurück in seine Abteilung suchte.

Er hatte den Neuen, Ruben Thurloe, Thurman oder wie auch immer, in den vergangenen Wochen durchaus schon wahrgenommen. Er arbeitete im modernen Antiquariat, das Foyles in einer der oberen Etagen betrieb. Aber er hatte ihn bis jetzt noch nicht mit Laurie in Verbindung gebracht.

Zu sehen, dass sie sich offenbar schon angefreundet hatten, stürzte Aaron Bellany deshalb in so tiefe Verzweiflung, weil *er* gerne auf diese Art und Weise mit Laurie dort gesessen hätte. So nahe, so einfach und selbstverständlich zusammen. Er wusste nicht, wie er es sonst beschreiben sollte.

Das hätte ihm so viel bedeutet, aber ein anderer bekam es.

Und alle, nie geheilten Wunden rissen in ihm auf. Die Erinnerungen an alte, vergangene Zeiten, in denen es genauso gewesen war, füllten jede Stelle in seinem Körper aus, schienen keinen Raum mehr zu lassen für Atemluft. Alles war wieder da, als wäre es eben erst passiert und es war so groß, dass es in seinen Gedanken gar keine Begriffe dafür gab, nur das Gefühl von Leere und Verlassenheit.

Ruben war alles, was *er* nicht sein konnte. Offen, voller Selbstvertrauen, gesellig, locker, witzig. Er brachte alle zum Lachen, alle hörten ihm zu, wenn er erzählte.

Er war so, wie diejenigen, an die Aaron Bellany schon früher, schon als sie alle noch Kinder gewesen waren, die Menschen verloren hatte, in die er so verliebt gewesen war.

Er wusste, dass es seine eigene Schuld war. Wenn er jemanden ins Herz geschlossen hatte, dann war das eine große Sache für ihn, es war ihm wichtig und ernst. Und die Leute wollten nicht so viel Ernsthaftigkeit. Sie gingen zu denen, mit denen man unverbindlich und ohne viel nachzudenken Spaß haben konnte.

Es war gar nicht so oft geschehen, aber das erste Mal war so schlimm gewesen, dass das Gefühl nie wieder verschwunden war. Und bei jedem anderen Mal war es, wie eine Wiederholung dieser ersten, tiefen Verwundung. Er war wieder dort, am selben Ort, im selben Schmerz. Mit der immer selben Angst, Menschen, die er liebte, an andere zu verlieren, die interessanter waren als er. Und immer noch konnte er es nicht verstehen. Er konnte es einfach nicht verstehen.

Aber jetzt, an diesem Freitag, als er Laurie und Ruben dort sitzen sah, kam noch etwas anderes hinzu. Das Gefühl, dass er es dieses Mal vielleicht nicht mehr würde ertragen können. Dass dieses Mal sein Herz vielleicht endgültig zerbrach.

Bis 16.00 Uhr saß er zwischen seinen Büchern und versuchte, nicht darüber nachzudenken, ob Laurie und Ruben vielleicht öfter zusammen waren, ob sie sich Nachrichten mit ihren Smartphones schrieben, sich vielleicht auch außerhalb der Arbeitszeit trafen, schöne Dinge zusammen erlebten. Und ob Laurie ihn, Aaron, ganz vergessen würde.

Dann ging er. Ohne noch einmal nach den beiden zu schauen, obwohl er versucht war, dies zu tun. Aber er hatte Angst vor dem, was er zu Gesicht bekommen könnte.

Er wusste, dass er das Bild von ihnen auf der Bank am Büchertisch nicht mehr würde vergessen können und draußen auf der Charing Cross Road fiel ihm nichts ein, was er jetzt tun sollte.

Er wollte wegrennen und nie mehr wiederkommen und er wollte zurückrennen zu Laurie und ihr sagen, was er fühlte. Wie sollte er denn sonst weiterleben?

Am Ende lief er hinauf zur Station Tottenham Court Road und fuhr mit der Central Line bis Mile End, von wo aus es nur ein paar hundert Meter die Burdett Road und dann die Grove Road entlang bis zum Victoria Park waren, einem Ort, an dem er schon öfter in die Geborgenheit seiner Nebel zurückgefunden hatte, wenn die Wirklichkeit zu schwer auszuhalten gewesen war.

Und heute hoffte er, hier irgendetwas zu finden, was es ihm ermöglichte, weiterhin an eine Verbindung zwischen Laurie und ihm zu glauben. Und sei es nur ein noch so kleiner Funke Zuversicht.

Der große Park lag im Bezirk Tower Hamlets, zwischen South Hackney und Bow's Old Ford Viertel, im Westen begrenzt durch den Regents Canal, im Süden durch den Hertford Union Canal und nicht sehr weit entfernt von Aaron Bellanys Wohnung in Whitechapel.

Er mochte die Atmosphäre an den Kanälen, die kleinen Brücken, die sie überspannten, die verschachtelten, malerischen Rückseiten der backsteinernen Häuser, die zwischen Büschen und Bäumen fast bis ans Wasser reichten, viele mit kleinen Bootsanlegern.

Aber an diesem Nachmittag war er nicht hierher gekommen, um sich einfach die Zeit zu vertreiben und ein bisschen Freude zu finden beim Betrachten der schönen Ecken am Kanal oder im Park selbst.

Heute war er wie eine der geschundenen, wunden Seelen, die im 19. Jahrhundert, als das East End in Armut und Elend versunken war, diesen Park aufgesucht hatten, in der verzweifelten Hoffnung, hier etwas Linderung und Genesung und Abstand von dem Leben zu finden, das sie führten.

Im Jahr 1840 hatten 30.000 Bewohner des East End eine Petition an Queen Victoria unterzeichnet und deutlich gemacht, wie dringend notwendig in ihren Augen ein 'Royal Park' in Tower Hamlets war. Eine Erholungsmöglichkeit, für all jene, die in dem überbevölkerten Stadtteil in erbärmlichen, dreckigen Behausungen lebten, mit Hunger und schlechter Gesundheit zu kämpfen hatten und deren Lebenserwartung deutlich niedriger lag, als die der Bewohner anderer, besserer Stadtteile.

Und tatsächlich wurden die Wünsche der Armen und ihrer Fürsprecher erhört.

Aaron Bellany wußte nicht, wie viele daran damals wirklich geglaubt hatten. Aber er konnte sich vorstellen, dass ein Großteil der Verlorenen des East End schon lange alle Hoffnung aufgegeben hatte.

Doch der Park wurde angelegt und er bekam den Namen der Königin. Victoria Park war, als er 1845 eröffnet wurde, der erste öffentliche Park Londons, der speziell für die einfache Bevölkerung in seiner Umgebung, für die Arbeiter-Klassen von Tower Hamlets geschaffen worden war.

Im April 1873 besuchte Queen Victoria persönlich 'ihren' Park, der ihr nicht nur namentlich gewidmet war, sondern zu dessen Verwirklichung sie mit ihrer königlichen Macht auch entscheidend beigetragen hatte.

In den folgenden Jahrzehnten, besonders in den 1880er Jahren, als das Elend im East End vielleicht am größten war, wurde der Park zu einer wunderbaren Oase in der Wüste der Armut und für viele der armen Kinder des Stadtteils war er die einzige größere Grünfläche, das einzige Stück Natur, das sie je erlebten. Das Schwimmen im Bathing Pond, dem See des Parks, vielleicht das höchste Glück ihres trostlosen Lebens.

Aaron Bellany hatte den Victoria Park durch das Crown Gate West betreten und war hinabgelaufen zum Pavillion Café am Ufer des Sees, der heute nicht mehr zum Schwimmen freigegeben war.

Er suchte sich einen freien Platz etwas abseits des Trubels, der an Sommertagen hier herrschte, bestellte sich einen Kaffee und ließ seinen Blick über die große Wasserfläche wandern, hinüber zur Insel mit der Pagode, die er noch nie besucht hatte, obwohl er schon so oft hier gewesen war.

Sie war schon in den Anfangstagen des Parks angelegt worden und Aaron Bellany versuchte, wieder in die Welt von damals abzutauchen. Doch es gelang ihm nicht.

'Laurie...Laurie'. Ihr Name klang schön in seinem Kopf und jedesmal, wenn er an sie dachte, schlug sein Herz heftiger, ging sein Atem schneller.

Und dann sah er sie wieder mit Ruben Thurloe in der Kinderbuchabteilung sitzen, sein Magen zog sich zusammen und der schlimme Schmerz kam zurück.

Es war absurd. Er verhielt sich, als hätten Laurie und er eine Beziehung und sie würde ihn irgendwie betrügen. Er war ein Idiot, unbedeutend und klein und erbärmlich. Das alles war nur einer seiner Tagträume, etwas, das es gar nicht gab. Und irgendetwas schien er davon zu haben, sonst würde er wohl nicht solange daran festhalten.

Aber nein, er fühlte doch die Verbindung mit ihr, die Verwandschaft ihres Wesens mit seinem. Er hatte es doch in ihrem Blick gesehen, manchmal, selten, wenn ihre Seele ihn durch ihre Augen angesehen hatte. Er glaubte nicht, dass dies nur Einbildung gewesen war.

Aaron Bellany erhob sich, weil er noch ein wenig im Park herumlaufen wollte.

Über das Blau des Sommerhimmels hatte sich jetzt, am späten Nachmittag, ein dünner, weißlicher Schleier gelegt, der das Sonnenlicht irgendwie dämpfte und die länger werdenden Schatten der Bäume blasser erscheinen ließ.

Die weiten Rasenflächen begannen in der Ferne in leichtem Dunst zu verschwimmen und manchmal wehte eine leichte, kühle Brise über sie hinweg, die am Ende eines warmen Tages schon den Abend und die Nacht ankündigte.

Er erinnerte sich an legendäre Rock Konzerte, die hier in den 1970er und 1980er Jahren stattgefunden hatten. In Allendale Town hatte er Aufzeichnungen von 'Rock Against Racism' oder 'The Anti Nazi League' gesehen. Und auch heute noch fanden regelmäßig Open-Air Music Festivals statt, die unter anderem dazu beitrugen, dass Victoria Park mittlerweile zu den beliebtesten und meistbesuchten Parkanlagen der Stadt gehörte.

'Laurie', dachte er wieder und auf einmal fiel ihm die Ähnlichkeit ihres Nachnamens mit dem seiner Heimatstadt auf. Avondale und Allendale.

Er verstieg sich nicht dazu, dies für ein irgendwie geartetes Omen zu halten. So weit gingen selbst seine allumfassenden Nebelträume nicht. Meistens.

Victoria Park schloß bei Einbruch der Abenddämmerung und Aaron Bellany entschied, sich langsam auf den Heimweg zu machen.

Er verließ den Park im Westen durch das Bonner Gate, überquerte den Regents Canal auf der Bonner Hall Bridge und schlug den Weg die Approach Street hinunter ein.

Zu Fuß durch Bethnal Green nach Hause zu laufen half ihm vielleicht, die Tränen zurückzuhalten und nicht andauernd daran zu denken, wie es sein würde, Laurie am Montag wieder zu begegnen.

Mit dem Gedanken an das Wochenende lebten die Traurigkeit und der Schmerz wieder auf. Zwei Tage würde er Laurie nicht sehen und er würde sie so sehr vermissen. Er tat es jetzt schon und um so mehr, wenn das Bild von ihr und Ruben auftauchte und mit ihm die Angst, die Verbindung zwischen ihm, Aaron, und ihr könne vergessen gehen, ohne dass sie beide sie richtig erkannt hatten.

7
Die Farm auf dem Hügel

Die Wohnung in der Oswald Street war im Grunde kaum mehr als ein Zimmer mit Dusche und Toilette. Von einem separaten Bad, geschweige denn einer Küche konnte keine Rede sein.

Wenn Lauren Avondale hier Essen zubereitete, was selten vorkam, dann tat sie dies auf zwei kleinen elektrischen Kochplatten, die sie auf einer Ablage neben dem Fenster platziert hatte.

Zum Schlafen diente das Sofa, dessen Unterteil sich herausziehen und mit wenigen Handgriffen zu einem Bett ausklappen ließ. Vorher musste sie den kleinen Wohnzimmertisch zur Seite schieben, aber das war ja kein Problem. Und dann konnte sie vom Bett aus auch wunderbar Fernsehen schauen.

Ansonsten war das Tischchen auch ihr Esstisch, der Platz zum Basteln oder Malen und überhaupt der Ort, an dem sie eigentlich alles erledigte. Auch die Bücher, von denen sie immer einige neue zuhause hatte, weil Lesen eine ihrer Leidenschaften war, stapelten sich auf ihm.

Viel Raum für Bücherregale gab es im Zimmer auch nicht, aber neben dem in die Wand eingelassenen Kleiderschrank hatte sie wenigstens ein kleines aufgestellt, in dem die Bücher standen, die sie behalten wollte. Die ihr wichtig waren.

Und links am Fenster, auf dessen anderer Seite die Kochplatten standen, befand sich ein bequemer, hölzerner Schaukelstuhl, den sie mit weichen Sitzkissen ausgestattet hatte. Er war schnell zu ihrem Lieblingsplatz geworden und wann immer sie die Zeit hatte, kuschelte sie sich hinein, um zu lesen oder auch einfach nur, um von dort aus den Himmel draußen zu betrachten.

Auch heute, am Samstag, saß Lauren Avondale in ihrem Schaukelstuhl und sah den wenigen Schönwetterwolken zu, die manchmal kurz die Sonne verdeckten, was aber nichts daran änderte, dass dies ein weiterer, wunderbarer Sommertag war.

Eigentlich hatte sie rausgehen wollen, aber irgendwie war sie so erschöpft von der Arbeitswoche und hatte das Gefühl keine Kraft zu haben für Aktivitäten, welcher Art auch immer.

Es war schon früher Nachmittag und sie wusste, sie würde später noch zum Waschsalon zwei Straßen weiter gehen müssen, wenn sie nächste Woche frische Sachen zum Anziehen haben wollte.

In ihrer kleinen Wohnung war kein Platz für eine Waschmaschine und normalerweise machte ihr das auch nichts aus. Im Waschsalon konnte man am Fenster sitzen und das Treiben auf der Straße beobachten oder man konnte lesen, manchmal ein bisschen Smalltalk mit jemandem halten. Das war okay. Aber heute taten ihr die Beine und die Füße weh, ihr Rücken schmerzte und sie konnte sich nicht aufraffen, die Sachen zusammenzupacken und zu gehen.

Lauren Avondale hatte das Fenster geöffnet, wegen der Wärme und weil sie gerne den Geräuschen lauschte, die von draußen kamen. Sie hörte Vögel singen, hörte Autos vorbeifahren, manchmal das Klackern und Rauschen eines Zuges auf den Schienen, drüben hinter dem Fluss, irgendwo bellte ein Hund.

Sie war müde. So müde, dass sie am liebsten für immer hier sitzen geblieben wäre und einfach weiter zugehört hätte.

Vierzehn war sie gewesen und noch ein Kind, als ihre Eltern sich getrennt hatten. Damals war ihre Welt zerstört und in Stücke gerissen worden und es hatte viele Jahre gedauert, bis sie es geschafft hatte, sich wieder ein Leben zusammenzusetzen, in dem sie zurecht kam.

Sie war es, die verlassen worden war und doch hatte *sie* sich schuldig gefühlt. In all der langen, furchtbaren Zeit nach der Trennung hatte sie versucht, Verantwortung zu übernehmen für ihre Eltern, für ihren alkoholkranken Vater, für ihre hilflose Mutter, die sie beide mit ihren Problemen zu vereinnahmen suchten, alles auf ihr abluden und sie benutzten, um sich gegenseitig auszuspielen.

So oft hatte sie das schlimme Gefühl gehabt, zerrissen zu werden und alle Kraft, die sie eigentlich für ihr eigenes, ganzes Leben noch gebraucht hätte, bei dem Versuch zu verbrauchen, immer für ihre Eltern da zu sein. Für sie da zu sein, weil sie sie liebte. Selbst dann noch, als es schon lange so aussah, als würden ihre Eltern *sie* nicht mehr lieben, sondern nur noch brauchen, um zurechtzukommen.

Es war die schrecklichste Zeit ihres Lebens gewesen und erst, als sie Dreißig geworden war hatte sie entschieden, sich soviel Freiheit und Abstand zu erkämpfen, dass sie ein eigenes Leben beginnen konnte. Und diesen Kampf hatte sie nicht in erster Linie gegen ihre Eltern führen müssen, sondern gegen sich selbst, gegen die Schuldgefühle und die vermeintliche Pflicht, jederzeit für ihren Vater und ihre Mutter zur Verfügung zu stehen.

Vielleicht, dachte sie, war es das Schwerste gewesen, zu lernen, dass Liebe nicht bedeutete, sich selbst aufzugeben. Oder war es eher so, dass sie gelernt hatte, besser nicht zu lieben, wenn das bedeutete, sich selbst aufzugeben?

Sie dachte nicht gern an diese Zeit zurück, aber jene Jahre und der Schmerz, den sie gebracht hatten, waren etwas, was man nicht mehr los wurde. Auch, wenn man nicht daran dachte.

Früher hatte sie Freunde gehabt und später, als sie älter gewesen war, auch feste Beziehungen mit Männern. Aber die Freundschaften hatte sie einschlafen lassen und ihre Beziehungen hatten nicht lange gehalten. Sie hatte die Menschen, mit denen sie zusammen gewesen war verlassen, bevor diese *sie* verlassen konnten. Eine so große Angst vorm Verlassenwerden hatte sich in ihr festgesetzt, dass sie schließlich gar keine Beziehungen mehr eingegangen war. Wenn sie alleine lebte, konnte auch niemand gehen und sie zurücklassen.

Und sie wollte einfach nicht mehr in irgendwelche Abhängigkeiten geraten, nicht in Gefahr sein, sich wieder für jemanden zu verlieren. Nicht ihre mühsam erkämpfte Freiheit aufs Spiel setzen.

Die Erlebnisse mit ihren Eltern hatten sie gelehrt, dass es besser war, allein zu sein, als irgendetwas auch nur entfernt Ähnliches noch einmal durchzumachen.

Es war nicht immer leicht und manchmal fürchtete sie, das alles nicht mehr zu schaffen. So wie heute. Und manchmal sehnte sie sich dann doch nach einem Freund. Nach jemandem, der einfach da war und sie festhielt, damit sie nicht fiel.

Aber Menschen durften nur bis an die Türschwelle ihres Lebens. Eintreten durften sie nicht. Zu sehr fürchtete sie, dass die Traurigkeit entdeckt wurde, die sie meistens so gut vor anderen und sich selbst verbergen konnte. Wenn ihre Traurigkeit wieder zum Vorschein kam, wenn sie zuließ, dass tief vergrabene Sehnsüchte zum Leben erwachten, würde sie dies überwältigen. Das war etwas, was sie in manchen Momenten deutlich fühlte.

Lauren Avondale erhob sich aus dem Schaukelstuhl und schloss das Fenster.

Sie würde jetzt gehen, um die Wäsche zu waschen und um diese Gedanken zu unterbrechen.

Ein, zwei Tage, manchmal auch eine Woche, länger hatte es nie gedauert, sich wieder in den Griff zu bekommen, wenn Zweifel sie überfallen hatten. Und auch diesmal würde sie sich nicht kleinkriegen lassen von sentimentalen Gefühlen. Sie wollte nicht, dass ihre Gefühlsduselei oder die anderer Menschen die Regie in ihrem Leben übernahm. Nie wieder.

Es ließ sie oft schroff und abweisend erscheinen,

das wusste sie, aber sie war immer bereit, jemandem in der Not zu helfen, sich für andere einzusetzen. Nein, sie war zu keinem herzlosen Menschen geworden, sie musste nur immer die sichere Distanz wahren. Auch die Leute, deren Schicksal sie berührt und denen sie geholfen hatte, mussten damit leben, dass sie sich anschließend wieder zurückzog.

Sie war damals nach Lower Clapton gezogen, weil dies ein Ort war, an dem wenig Gefahr bestand, Leuten über den Weg zu laufen, die sie kannte. Zwar war die Gegend nicht mehr als eine der schlimmsten im Bezirk Hackney verschrien, wie noch vor wenigen Jahren, doch noch immer weit genug abgelegen vom Zentrum Londons, sodass sich kaum jemand nach Lower Clapton verlief, der nicht hier wohnte.

'Clapton' war abgeleitet vom altenglischen Wort 'Clopton', dessen Silben 'Clop' und 'Ton' für 'Hügel' und 'Farm' standen. Clapton war die 'Farm auf dem Hügel'.

Lauren Avondale wusste nicht mehr, wo sie dies vor Jahren einmal gelesen hatte.

Man nahm an, dass sich 'Hügel' auf das ansteigende Gelände beim River Lea bezog, der die östliche Grenze von Lower Clapton bildete und Farmen hatte es hier in den vergangenen Jahrhunderten gegeben, als das Land, noch weit außerhalb der Stadt gelegen, den Bischöfen von London gehört hatte und Bauern dort Getreide und andere Lebensmittel für die City anbauten.

Heute sah Lower Clapton in weiten Teilen noch

so aus, wie in der zweiten Hälfte des 19. Jahrhunderts, als die Gegend für die große Stadt erschlossen und dichter bebaut worden war. Viele der alten, viktorianischen Gebäude waren erhalten geblieben und Lauren Avondale gefiel die Vorstellung, in einem solchen Stadtteil zu leben, in einer 'Farm auf dem Hügel', in der die Zeit ein wenig stehen geblieben war.

Sie liebte es, Sonntags zwischen den Ständen des Wochenmarktes auf der Chatsworth Road entlangzuschlendern, wo es nach Gewürzen aller Art, Speisen, frischem Brot und exotischen Blumen duftete oder auf einer der Bänke am Clapton Pond zu sitzen, dem ehemaligen Dorfanger nördlich der Lower Clapton Road, heute ein schöner, weitläufiger Garten mit kleinem See, an dem man fast immer Ruhe fand, wenn man sie suchte und ein Ort, an dem ihr, wie auch sonst im Viertel, noch nie 'alte Bekannte' begegnet waren, die man eigentlich nicht mehr hatte wiedersehen wollen.

Nicht nur während des Sonntagsmarktes, sondern auch an den anderen Tagen der Woche war die Chatsworth Road einer von Lauren Avondales Lieblingsplätzen und besonders im Sommer genoss sie fast täglich das multikulturelle Treiben zwischen den alten Backsteinhäusern.

Geschäfte und Restaurants boten hier Afrikanische, Türkische, Asiatische oder Karibische Produkte an. Es gab Metzgereien, Bäckereien, Gemüsehändler und schöne Cafés, unter denen ihr vor allem 'Venetias Coffee Shop' ans Herz gewachsen war.

Wenn sie Zeit hatte, konnte sie stundenlang dort sitzen und lesen oder einfach das Leben auf der Straße vorbeiziehen lassen.

Aber heute hatte sie dafür leider keine Zeit, denn die Wäsche musste ja gewaschen werden.

Und auf halbem Weg zum Waschsalon fiel ihr dieser Typ aus der Reiseliteraturabteilung bei Foyles wieder ein. Wie hieß er gleich? Aaron, er hieß Aaron.

Sie wusste nicht genau, was sie von ihm halten sollte. Vor einiger Zeit hatte er ihre Nähe gesucht. Es war ihr nicht entgangen, dass er gerne mehr mit ihr zu tun gehabt hätte. Natürlich war ihr das nicht entgangen. Er war nett gewesen, war es immer noch, aber sie hatte seine Versuche, Kontakt aufzunehmen, solange abgeblockt, bis er sich wieder zurückgezogen hatte.

Aber merkwürdigerweise war sie damit irgendwie auch nicht richtig glücklich. Bei anderen Leuten verspürte sie immer Erleichterung, wenn sie sie wieder los war, doch dieser Aaron hatte etwas an sich, was es ihr nicht so leicht machte.

Einerseits war sie oft genervt, weil sie natürlich sah, dass er immer noch irgendetwas besonderes für sie zu empfinden schien, sie mit seinen Blicken suchte und weil man mit ihm so schwer einfach nur Smalltalk machen konnte. Er hatte so eine merkwürdige Tiefe in sich, die dies kaum zuließ.

Mit Anderen, wie in letzter Zeit mit diesem Ruben, konnte sie schlicht herumalbern, über dies und das reden, ohne dass es besondere Bedeutung gehabt hätte. Sie hatte es schnell wieder vergessen und es bestand keine Gefahr, dass ihr einer von denen zu nahe kam.

Bei Aaron war dies anders. Wenn sie sich trafen und er sie ansah, war es, als würde er hinter ihre Oberfläche blicken und etwas sehen, was sie sich eigentlich nicht ansehen lassen wollte.

Manchmal hatte sie das Gefühl, er würde sie gerne nach dem fragen, was er sah, traute sich aber nicht. Und sie nervte und verunsicherte das, weil sie nach solchen Dingen eigentlich nicht gefragt werden wollte, aber dennoch... Das eine oder andere Mal hatte sie sich fast gewünscht, er würde fragen.

Das war ihr schon seit Jahren nicht mehr passiert.

Etwas zu heftig zog Lauren Avondale die Tür zum Waschsalon auf, trat ein und warf die Reisetasche mit den schmutzigen Klamotten auf die erstbeste der Waschmaschinen rechts an der Wand hinter den großen Fenstern.

Sie hatte jetzt wieder diesen Gesichtsausdruck, der alle Leute in ihrer Umgebung davon abhielt, sie anzusprechen.

Es störte ihre Ruhe, dass Aaron Bellany etwas in ihr ansprach und sie wollte es nicht.

Und sie würde es weiter abwehren, auch wenn sie sah, dass es ihn traurig machte. Sie konnte das doch gut. Aber...bei Aaron, verdammt noch mal, machte es sie *auch* traurig. Irgendwie.

8
Die Geister von Aldwych

Dass er Lauren Avondale an jedem Tag der Woche bei Foyles sah, war gar nicht so selbstverständlich, wie man hätte meinen können, denn der Buchladen war groß, wegen der langen Öffnungszeiten arbeiteten sie in unterschiedlichen Schichten und so kam es vor, dass man Kollegen während eines Arbeitstages überhaupt nicht begegnete.

Doch bei Laurie hätte Aaron Bellany dies irgendwie nicht ertragen.

Schon wenn sie einmal ein, zwei Tage krank war oder wenn sie Urlaub hatte, kam ihm diese Zeit leer und bedeutungslos vor, so, als wäre seinem Dasein der eigentliche Sinn genommen worden.

Und so richtete er es auch in dieser neuen Woche so ein, dass Laurie und er sich täglich sahen, manchmal, wenn er morgens kam, manchmal beim Gehen und immer wieder zwischendurch, irgendwo in den Abteilungen oder auf den Treppenaufgängen des Ladens.

Auf dem Weg zur Arbeit schlug sein Herz umso schneller, je näher er der Charing Cross Road kam und bei dem Gedanken daran, ob sie da sein und dass er sie vielleicht gleich sehen würde, wurde ihm immer ganz flau im Magen.

Und an allen Tagen suchte er verzweifelt nach Anzeichen von Zuneigung bei ihr, doch er fand keine.

Sie sprach ihn nicht an und und wenn sie sich

über den Weg liefen, richtete sie nur kurz ihren Blick auf ihn und ein flüchtiges, unverbindliches Lächeln huschte über ihr Gesicht. Wenn überhaupt.

Dagegen schien sie sich mit Ruben Thurloe immer besser zu verstehen.

Die beiden gingen zusammen rauchen, besuchten sich gegenseitig in ihren Abteilungen, unterhielten sich lebhaft und meist scherzten sie und lachten viel.

Ruben hatte mit seiner lebensfrohen, unverstellten und offenen Art in kurzer Zeit das geschafft was ihm, Aaron, in all den Jahren, auch schon bevor er sich in Laurie verliebt hatte, nicht gelungen war. Sie für sich einzunehmen und ihre Sympathie zu gewinnen. So, dass sie gerne bei ihm war.

Es tat Aaron Bellany so weh, dies zu sehen, dass er mehr und mehr Mühe hatte, den Schmerz zu verbergen und den Anschein zu wahren, es wäre alles in Ordnung.

Er würde nie so sein können, wie Ruben. Aber gab es denn dann gar nichts an ihm, was anderen Leuten, was vor allem Laurie etwas hätte bedeuten, etwas hätte geben können? Was war mit seinem Gefühl, dass es eine Verbindung zwischen ihnen gab? Dass dies so bestimmt war, weil sie noch etwas füreinander tun sollten?

Alles nur Schall und Rauch. Er spürte, wie sein Glaube an eine Verwandschaft ihrer Seelen schwand, in kleinen Schritten still und leise starb. Was er sah konnte diesen Glauben kaum noch nähren und von Tag zu Tag kam er sich mehr wie ein trauriger Clown vor, der einsam auf etwas hoffte, das nie eintreten würde. Es war nur eine romantisch-schöne Phantasie von wunderbarer, großer Freundschaft und Liebe. Von zwei Menschen, die von jeher dazu ausersehen gewesen waren, sich zu begegnen. Nichts, was es wirklich gab.

Nur sein Schmerz war real. Und so groß.

In der warmen Nacht von Mittwoch auf Donnerstag, kurz nachdem um Mitternacht der Juli in den August übergegangen war, erwachte Aaron Bellany aus einem unruhigen Schlaf voller wirrer Träume.

Er hatte Laurie gesehen und sie war so schön und besonders gewesen. In vielen verschiedenen Situationen war sie aufgetaucht, an verschiedenen Orten, von denen er die meisten gar nicht kannte. Und bevor er aufgewacht war, hatte sie irgendwo bei Foyles ihren Kopf an seine Schulter gelegt, so dass er ihre langen, weichen Haare an der Wange spüren konnte. 'Warum hast Du nicht mit mir geredet, Du veliebter Spinner?', hatte sie gesagt. 'Ich habe nicht gewusst, dass Du derjenige bist, auf den ich die ganze Zeit warte.'

Ihre Stimme an seinem Ohr war leise gewesen, damit niemand außer ihm sie hören konnte und eine Welle von Wärme hatte ihn durchströmt, etwas, das er noch spürte, als er jetzt wach im Bett saß.

Selbst der Klang ihrer Worte schien noch zwischen den Wänden des dunklen Zimmers nachzuhallen.

Aaron Bellany war wie betäubt und es dauerte einige lange Sekunden, bis er begriff, wo er sich befand und das Laurie nicht hier war.

Bis halb Zwei in dieser Nacht saß er auf dem Sofa im Wohnzimmer und ließ leise die Tränen über sein Gesicht laufen, ohne sie wegzuwischen. Er konnte nichts denken, nur ab und zu drehte er eine Zigarette und versuchte, mit seinem Blick dem Weg des Rauches durch die Dunkelheit zu folgen, bis dieser in blassgrauen Kringeln im Zwielicht vor dem offenen Fenster wieder auftauchte und hinaus in die Nacht wehte.

Dann beschloss er, sich anzuziehen, um draußen ein wenig durch die Straßen zu laufen. Er wusste, dass er sowieso nicht mehr würde schlafen können.

Ohne ein bestimmtes Ziel vor Augen zu haben lief er die Old Montague Street entlang, überquerte die breite Commercial Street und wanderte weiter durch die Gassen, bis er sich auf Höhe der Liverpool Street Station entschloß, den Weg hinunter zum Fluss einzuschlagen.

Seine Beine waren schwer, als er die Upper Thames Street erreichte, doch er wollte weiterlaufen.

Die Nacht war ein bisschen wie der Nebel. Trotz all der Lichter in der großen Stadt verschwand vieles im Dunkel, es war stiller, als am Tag und die Menschen, die er sah, verschmolzen irgendwie mit den Schatten in den Straßen. Manchmal trug ein leichter Wind den Geruch brackigen Wassers vom Fluss her zwischen die Häuserzeilen der altehrwürdigen City of London, vermischte sich mit der warmen Luft der Sommernacht und war im nächsten

Moment wieder verschwunden. Irgendwohin, an Orte, zu denen Menschen ihm nicht folgen konnten.

Bilder von Lauren Avondale trieben durch seinen Kopf, tauchten auf, verblassten wieder, wurden ersetzt durch andere, wie in einer endlosen Reihe von Momentaufnahmen aus der Zeit, seit sie bei Foyles erschienen war.

Nichts, was Aaron Bellany in den nächtlichen Straßen Londons sah, konnte ihn soweit ablenken, dass die Bilder verschwunden wären. Immer wenn er dachte, es würde vorübergehend aufhören, erinnerte er sich an irgendeine Situation mit Laurie und jedesmal schnitt es ihm tief und schmerzend ins Herz.

Kurz bevor er die Blackfriars Bridge erreichte, wandte er sich wieder in Richtung Innenstadt, lief hinauf bis Ludgate Circus und dann die Fleet Street entlang, bis diese in die Strand überging, die normalerweise verkehrsüberflutete Hauptverbindungsstraße zwischen Westminster und City.

Doch jetzt, mitten in der Nacht war selbst die Strand etwas zur Ruhe gekommen. Nur wenige Menschen waren unterwegs, ein paar Taxis und einzelne der ungeliebten neuen Doppeldeckerbusse.

Aaron Bellany sah auf seine Uhr, die mittlerweile fast 3.00 Uhr anzeigte und ihm wurde bewusst, welch weite Strecke er zurückgelegt hatte. Das mussten bestimmt vier Kilometer sein, von der Vallance Road aus.

Er warf einen Blick hinüber zum großen, burgartigen Gebäude der Royal Courts of Justice, dessen unzählige Türmchen, Erker und Bögen die beleuchtete Fassade des Komplexes wie ein Gebirge aus Licht und Schatten erscheinen ließen.

Weiter die Straße hinunter kamen zwei Kirchen in Sicht, die wie auf Inseln mitten auf den Fahrbahnen standen und er konnte sich sogar an ihre Namen erinnern. Es waren St. Clement Danes und kurz dahinter St. Mary le Strand.

Und dort, wo St. Mary le Strand stand, fiel ihm jetzt ein, waren doch die Eingänge zur Aldwych Station, einer schon lange stillgelegten, ehemaligen Station auf der Picadilly Line, einem Ort, der, wie auch Charing Cross, gut geeignet war, nebelverhangene Träume zum Leben zu erwecken.

Er blickte die Häuserzeile entlang und bald hatte er die schmale, rote Klinkerfassade und das große, halbrunde Fenster entdeckt, unter dem der Schriftzug 'Strand' zu lesen war, der Name, den die Station von ihrer Eröffnung im Jahr 1907 an bis 1915 getragen hatte. Danach war sie in 'Aldwych' umbenannt worden, nach der gleichnamigen Straße, die hier von der Strand abzweigte, um nach einem weiten Bogen schließlich wieder in sie zu münden.

1994 war Aldwych Station wegen zu geringer Fahrgastzahlen endgütig geschlossen worden und nach dem Abbau des damaligen Eingangsbereiches war nur der, auf die Hausfassade gemalte, alte Name der Station übriggeblieben.

Aaron Bellany ging ein paar Schritte weiter bis zur nächsten Straßenecke, denn er wusste, dass in der hier abzweigenden Surrey Street ein weiterer

Eingang zur Aldwych Ghost Station verborgen war.

Surrey Street fiel nicht besonders auf. Es war eine enge Straße mit kleinen, alten Häusern und schmalen Bürgersteigen, eher ein Sträßchen, das, relativ steil abfallend, hinunter nach Temple Place und zur Themse führte. Und nicht weit von der Ecke zur Strand entfernt befanden sich die beiden Türen, die, getrennt durch ein Stück Hausfassade, einen jeweils separaten Ein- und Ausgang der Aldwych Station bildeten.

Er würde nicht weiterlaufen, entschied Aaron Bellany, als er in den Schatten des Stationseingangs in der Surrey Street stand. Er würde hier bleiben, bis es Zeit war, zurückzugehen, oder besser zurückzufahren, um noch rechtzeitig und frischgemacht zur Arbeit zu erscheinen.

Um Laurie wiederzusehen. Laurie, die so tief in ihm war und doch nicht hier.

Er ließ sich auf einem steinernen Absatz vor dem Haus zwischen den Türen nieder und fragte sich, ob manche dieser Steine vielleicht noch vom alten Royal Strand Theatre stammen mochten, das 1905 für den Bau von Aldwych Station abgerissen worden war. Gerüchte besagten, dass heute noch die Geister mancher der Schauspieler von damals durch die Station streiften, auf der Suche nach ihrem Theater.

Aaron Bellany wusste nicht, was er davon halten sollte. Allerdings, wer konnte solche Dinge schon sicher ausschließen?

Tief unter ihm verliefen die alten, dunklen und jetzt leeren U-Bahn Tunnel des ehemaligen Teilstücks der Picadilly Line und auch die Röhren einer Zweigstrecke, die unter Strand und Aldwych Street hindurch, dem Kingsway folgend, hinauf zur Holborn Station führten.

Und nicht nur das. Unter dem Kingsway, der prächtigen Straße, die um 1900 herum angelegt worden war, um die Slums zwischen High Holborn und The Strand aufzuwerten und eine Erneuerung des heruntergekommenen Viertels einzuleiten, unter diesem Kingsway gab es noch den 1906 eröffneten Straßenbahntunnel, der ebenfalls hier unten in die Aldwych Station mündete.

Ja, in London hatte es einmal Straßenbahnen gegeben. Die erste, ein von Pferden gezogenes Gefährt, dem bald weitere der gleichen Art gefolgt waren, hatte im Jahr 1860 den Betrieb aufgenommen.

Ab 1901 begannen dann elektrische Straßenbahnen das Feld zu übernehmen und 1915 stellte die letzte pferdegezogene Bahn ihre Fahrten ein.

Bis 1952 hatten Straßenbahnen in London einen großen Teil dessen bewältigt, was man heute den 'öffentlichen Personennahverkehr' nannte, dann hatte man entschieden, sie durch Busse zu ersetzen. Doch bis dahin waren die Straßenbahnen, ab 1929 sogar mit Doppeldeckerwagen durch den Kingsway Tunnel in Aldwych Station eingefahren.

Aaron Bellany lehnte sich an die Hauswand, weil sein Rücken begann zu schmerzen. Im Geiste versuchte er abzutauchen in die verlassene Welt unter ihm, in die Tunnel und Röhren, die abseits der Bereiche, die man bei Führungen gezeigt bekam, wer-weißwohin führen konnten. Vielleicht gab es weit-verzweigte Verbindungen im Untergrund, sodass man unter der ganzen Stadt hätte umherwandern können. Unbemerkt von den oberirdisch Lebenden.

Es war eine Vorstellung, die ihn schon seit lan-gem irgendwie faszinierte.

Aber heute Nacht, hier in der Surrey Street, ge-lang es ihm nicht, sich in diese Phantasien zu vertie-fen.

Er sah nur die Realität um sich herum und sie kam ihm sinnlos vor. Alles kam ihm sinnlos vor, weil er es nicht mit Laurie teilen konnte. Welchen Sinn hatten die Dinge, die er tat, die er sah, ja selbst seine geliebten Tagträume, wenn er ihr nicht davon erzählen konnte?

Aber es würde sie wahrscheinlich nicht interes-sieren, dachte er. Sie konnte doch offensichtlich mit seiner Art nichts anfangen. *Rubens* Art war es, die sie anzog.

Und dann stieg ein Gefühl von Übelkeit in ihm auf, eine Übelkeit, verursacht von der Aufregung, von der Angst vor weiteren Verletzungen, die Lau-ries Verhalten im zufügen konnte. Doch es gab keine Schuldigen. Alle waren einfach nur sie selbst. Auch Laurie verhielt sich nur so, wie es eben ihr Wesen war. Es war nicht ihre Absicht, ihn zu verletzen und sie konnte nicht wissen, was ihm so weh tat.

Aber wie lange würde er es noch aushalten kön-nen, sie jeden Tag zu sehen und nicht sagen zu kön-nen, was ihm auf der Seele lag, sie nicht umarmen zu können, wie er dies gerne getan hätte?

Irgendwann bemerkte Aaron Bellany, dass der Himmel von Osten her langsam heller wurde und sah auf seine Uhr. Es war kurz nach Fünf. Höchste Zeit, sich auf den Heimweg zu machen.

Während er sich mit Mühe von dem Absatz an der Hauswand erhob, wünschte er sich auf einmal, er könne hierbleiben, könne durch die Türen neben ihm in die verlassene Station gehen und sich unter die Geister von Aldwych mischen. Mit ihnen durch die leeren Räume wandern, auf der Suche nach irgendwelchen vergangenen Dingen.

Und wenn er dann ganz einer von ihnen geworden war, würde er eines Tages die Station verlassen, um nach Laurie zu sehen. Würde als Geist solange durch die Straßen Londons wehen, bis er sie wiedergefunden hatte.

Wenn ihm das gelungen war, dachte er, würde er zu ihrem Schutz dort bleiben und nie wieder von ihrer Seite weichen.

9

Die alten Treppen am Fluss

Mit dem August kam eine Hitzewelle über das Land, welche die ohnehin schon hohen Temperaturen des Juli noch weit in den Schatten stellte und die den Süden der Insel über Wochen hinweg fest im Griff behalten sollte.

London erlebte eine lange Reihe tropischer Nächte, wie die Meteorologen es nannten, wenn die Temperaturen nicht unter 20° C fielen und schon in den frühen Morgenstunden, sobald die Sonne am Himmel erschien, wurde es so unerträglich heiß, dass es fast unmöglich war, sich auf irgendetwas zu konzentrieren, ja manchmal sogar, sich an den eigenen Namen zu erinnern.

An erholsamen Schlaf war kaum noch zu denken, da im Bett, selbst ohne jegliche Bedeckung, die Wärme wie ein Gewicht auf dem Körper lag, das Atmen schwer machte und Schweiß aus allen Poren dringen ließ.

Doch es waren weniger diese extremen klimatischen Verhältnisse, die für Aaron Bellany die Tage und die Nächte zu einer Qual machten. Er wusste, dass er verloren war. Dies war der Grund.

Vielleicht wusste er es nicht auf die Art und Weise, wie man wusste, dass nach dem August der September kommen würde, nein, es war ein Gefühl, eines von der Sorte, die keinen Zweifel lassen, die deutlicher und klarer waren, als jedes verstandesmäßige Wissen.

In mehreren Nächten war er weinend aufgewacht, etwas, was er, soweit er sich erinnern konnte, noch nie erlebt hatte. Manchmal waren dann da noch ein paar undeutliche Bilder vor seinen Augen, von dem, was er offensichtlich geträumt hatte. Von lange vergangenen Sommern in Northumbria, der Bibliothek in Newcastle, einem Freund aus Kindertagen, in den er damals tatsächlich irgendwie verliebt gewesen war, von Laurie... Aber alles unscharf und flüchtig, sodass er es nicht lange festhalten konnte.

Und meistens wusste er gar nicht, warum er im Schlaf geweint hatte. Es war, als bahne sich auf diese Weise etwas den Weg an die Oberfläche. Etwas aus seiner Seele, weil in ihr kein Platz mehr war für noch mehr Traurigkeit.

Darum, dachte Aaron Bellany, war er verloren. Weil kein Platz mehr war, um die Enttäuschungen, die Verletzungen, die unerfüllten Hoffnungen, um das alles zu vergraben und es durch den Nebel der Tagträume zu ersetzten.

Und wenn er alles so sehen würde, wie es wirklich war, würde es ihn umbringen. Er war nicht dafür gemacht, in der ungeschminkten Realität zu leben.

Vermutlich wusste er nicht viel über sich selbst. Aber *das* schon.

Fast zwei Wochen waren vergangen, seit seiner Nacht in der Surrey Street und in Bezug auf Laurie Avondale hatte sich nichts verändert.

Jeden Tag war er zur Arbeit gefahren, mit weichen Knien und einem leichtem Zittern am ganzen Körper, hin- und hergerissen zwischen Aufgebenwollen und der heimlichen Hoffnung, Laurie könne ihm vielleicht heute irgendein Zeichen geben. Ein Zeichen von Interesse.

Hier und da waren sie sich begegnet, sie hatte ihn freundlich gegrüßt, manchmal hatten sie sogar ein paar Worte gewechselt.

Er hatte ihr in die Augen gesehen, aber er war sich nicht sicher, ob er in ihnen noch das erblickt hatte, was er bei früheren Gelegenheiten meinte erkannt zu haben.

Er konnte es nicht sagen und er hatte solche Angst, das es verschwunden sein könnte. Oder nie dagewesen.

Die meisten der letzten Tage hatte er sich zwischen den Büchern in seiner Abteilung versteckt, hatte die Kunden bedient, so gut es ihm möglich gewesen war und vermieden, in Lauries Nähe zu sein. Es war zu schwer, weil er nicht mehr wusste, wie er sich verhalten sollte.

Manchmal versuchte er, unbefangen und gut gelaunt zu erscheinen, denn er dachte, dass es Laurie vielleicht gut gefallen und es ihr erleichtern würde, auf ihn zuzugehen. Wie bei Ruben Thurloe.

Aber es gelang ihm nicht, dies lange aufrecht zu erhalten. Zu groß war mittlerweile seine Traurigkeit, sein Leiden an dieser aussichtslosen Liebe zu einer Frau, die in ihm nicht mehr sah, als bestenfalls einen angenehmen Arbeitskollegen. Das war die einfache und doch so furchtbar trostlose Wahrheit.

Und Ruben Thurloe? Sah er, was er, Aaron, in Laurie sah? Sah er all das, was so schön an ihr war? Oder war ihm das egal und ohne weitere Bedeutung? Hatte er gar kein besonderes Interesse an Laurie oder sie an ihm? Nur Sympathie? Und Spaß, wie man ihn eben manchmal mit Leuten hatte, oder?

Die Fragen wollten nicht aus Aaron Bellanys Kopf verschwinden, aber er fand auch keine Antwort darauf.

Wenn er abends im Bett lag und alles still war ringsum, dann dachte er wieder und wieder darüber nach und manchmal schien es ihm ganz klar, dass es keine besondere Beziehung zwischen den beiden gab. Laurie wollte doch gar keine wirkliche Nähe.

Doch dann begann er wieder zu zweifeln, sah vor seinem inneren Auge, wie Laurie und Ruben sich näher kamen, sich umarmten, sich verabredeten... Vielleicht war *Ruben* es, der etwas für Laurie tun sollte, der ihr irgendetwas geben sollte. Das, was er, der bedeutungslose Aaron Bellany, doch eigentlich für sich selbst als vorherbestimmt erkannt zu haben geglaubt hatte.

Aber selbst dieser Glaube war ja schon zu einem kläglich kleinen Rest Hoffnung zusammenge- schmolzen, der ihm zunehmend surrealer erschien und der nicht mehr ausreichte, die Verzweiflung fernzuhalten.

Ein schwaches Glimmen, kaum noch zu sehen im hellen Licht der Wirklichkeit.

'Bitte nicht schon wieder.', dachte er dann. 'Bitte nicht schon wieder eine Hoffnung auf Freundschaft und Liebe, die einfach starb und ihn ratlos zurück- ließ. Bitte nicht.'

Am Dienstag dieser Woche sah er die beiden zu- fällig wieder herumalbern, sich gegenseitig aufzie- hend mit Scherzen und freundschaftlichen, kleinen Bosheiten.

'Freunde', dachte er. Sie waren Freunde. Oder auf

dem Weg, welche zu werden.

'Was sich liebt, das neckt sich', sagte man doch. Und genau das war es, was er sah.

Er wollte es nicht sehen, aber irgendwann hätte er sowieso die Augen nicht mehr davor verschließen können.

Sein Herz verkrampfte sich schmerzhaft und einen Moment lang hatte er das Gefühl, dass es aussetzte. Aber das konnte auch Einbildung gewesen sein, eine täuschende Empfindung, einhergehend mit dem Schwinden all seiner Kraft, beim Anblick von Laurie und Ruben.

Er hatte heute nur bis 13.00 Uhr zu arbeiten, weil er am kommenden Samstag zum Dienst eingeteilt war und er war froh, in einer viertel Stunde gehen zu können. Es war zuviel. Es war einfach zuviel, um es zu ertragen.

Als er ging wählte er einen Weg durch den Buchladen, auf dem er Laurie nicht begegnen würde und am Ausgang drehte er sich nicht mehr um, wie er es sonst so oft getan hatte, in der Hoffnung, sie noch einmal irgendwo zu erblicken.

Keine Tränen stiegen ihm in die Augen, obwohl er gedacht hatte, dass dies so sein würde, sobald er aus dem Laden heraus war. Vielleicht hatte er keine mehr.

Ohne die Hitze wahrzunehmen, die sich zwischen den hohen Gebäuden der Charing Cross Road staute, lief er hinunter zur Station am Leicester Square, rauchte noch eine Zigarette und fuhr dann auf den gewohnten Linien nach Whitechapel.

Er fragte sich, ob er noch einmal würde zurückkommen können. Er fragte sich das, seit er vor Foyles auf den Bürgersteig getreten war. Und im Grunde wusste er, dass er nicht mehr die Kraft und den Mut haben würde, Laurie noch einmal zu sehen. Er hatte alles davon in den vergangenen Monaten verbraucht und jetzt war nichts mehr übrig.

Es war ein elendes, hilfloses und wüstes Gefühl und ihm fehlte sogar die Kraft, nach noch irgendetwas anderem in sich zu suchen. Bisher hatte er dies immer noch tun können. Jetzt nicht mehr.

Irgendwann zwischen Zwei und Drei Uhr kam Aaron Bellany vor der Eingangstür zu seinem Wohnblock in der Vallance Road an und blieb eine Weile einfach dort stehen.

Er nahm seine lederne Umhängetasche von der Schulter, um nach den Schlüsseln zu suchen, doch eigentlich wollte er nicht hinauf in seine Wohnung. Ehrlich gesagt wusste er überhaupt nicht, was er machen sollte.

Dann, nach langen Minuten beschloß er, noch draußen zu bleiben und schlug den Weg ein zu einem Ort, an dem er schon oft gewesen war, wenn er sich so alleine und verlassen gefühlt hatte und so klein.

Von dort, wo er war, musste er nur geradeaus nach Süden gehen, zuerst der New Road und dann der Cannon Street Road folgen, bis eine breite Straße, die einfach den Namen The Highway trug, von West nach Ost kreuzte und die nördliche Grenze von Wapping bildete, einem alten Londoner Viertel, das sich von hier aus bis hinunter zum Themseufer erstreckte.

Für Jahrhunderte hatte der Bezirk einen ausgeprägt maritimen Charakter gehabt. Seeleute, Bootsbauer, Schiffszimmerleute, Segelmacher, Mastbauer und viel andere, mit der Seefahrt verbundene Handwerksbetriebe waren hier ansässig gewesen, bis man im 19. Jahrhundert begann, die London Docks zu bauen, die großen Hafenanlagen östlich des Tower und das ursprüngliche Viertel Wapping radikal verändert wurde.

Viele alte Gebäude verschwanden zugunsten riesiger Lagerhäuser und großer Hafenbecken und fortan bestimmte der Hafenbetrieb das Leben in Wapping.

Dockarbeiter waren tagein, tagaus mit dem Be- und Entladen der Schiffe beschäftigt, die in großer Zahl am Themseufer und in den neuen Becken anlegten und Waren aller Art für die City an Bord hatten.

Zu Wappings ohnehin schon etwas isolierter Lage abseits der Innenstadt kamen nun die hohen Dockmauern und kaum erschlossene Verkehrswege, was das Viertel schließlich fast vollständig vom Rest der Stadt abschnitt. Wie überall im East End des 19. Jahrhunderts breiteten sich auch in Wapping Kriminalität und Armut aus, die Straßen waren bevölkert von Gelegenheitsarbeitern, Straßenverkäufern und einer Menge von Nichtstuern, die im Trubel des Hafenbetriebs höchstens irgendwelchen zwielichtigen Tätigkeiten nachgingen.

Dann, nach dem Zweiten Weltkrieg, begann der Niedergang der, durch die Bombardements der Deutschen schon weitgehend zerstörten London Docks, eine Entwicklung, von der auch Wapping nicht verschont blieb.

Die Lagerhäuser standen leer und verfielen langsam, das ganze Viertel war heruntergekommen und drohte zu einer neuen Slumgegend zu werden, bis in den 1980er Jahren, im Zuge der Verlegung des Londoner Hafens weit nach Osten, in Richtung Themsemündung, auch die Sanierung und Neuentwicklung der alten Docklands in Angriff genommen wurde.

Heute fanden sich überall in Wapping noch die Überbleibsel der originalen Gebäude und Docks aus der Zeit, als hier das Hafenleben pulsiert hatte.

Nicht anders als in den übrigen Bezirken der Docklands an beiden Ufern des Flusses, waren auch hier die Lagerhäuser zu teuren Apartments oder Büros umgewandelt worden, doch irgendwie hatte es Wapping geschafft, nicht zu einem hektischen Business-Bezirk zu werden, sondern eine gewisse Beschaulichkeit und Stille zu bewahren, etwas, das Aaron Bellany immer sehr geschätzt hatte, wenn er hierhergekommen war.

Besonders die Gegend um die Wapping High Street und Wapping Wall, die beide parallel zum Ufer der Themse verliefen, war für ihn oft wie ein Zufluchtsort gewesen, wenn das Getöse der großen Stadt oder das Getöse in ihm zu viel geworden waren.

Und auch heute, an diesem heißen Dienstag im August, kam er ein wenig zur Ruhe, als er hinter St. Katherine's Dock begann, die Wapping High Street Richtung Osten entlangzuwandern.

Die kopfsteingepflasterte Straße verlief schmal und etwas kurvig, flankiert von engen Bürgersteigen, zwischen den hohen Backsteinfassaden der alten Lagerhäuser, die auch an sonnigen Tagen weite Teile des Weges im Schatten liegen ließen. Selbst die Sommerhitze schien hier erträglicher zu sein, als anderswo in der Stadt.

Es gab alte Bäume und Pubs, die mindestens ebenso alt waren, ja sogar, wie 'The Prospect of Whitby' weiter hinten, am Ende von Wapping Wall, zu den ältesten am Fluss überhaupt gehörten.

Aaron Bellany konnte keinen seiner Gedanken lange festhalten, während er mitten auf der Fahrbahn immer weiter lief. Am Straßenrand parkten Autos, doch es gab keinen Verkehr, auf den er hätte achten müssen. Auch andere Fußgänger begegneten ihm kaum und er dachte, dass dies vielleicht an den extremen Temperaturen lag, die selbst hier, wo sie ihm etwas gemildert erschienen, noch in einem übermäßig hohen Bereich lagen.

Doch ihm war nicht warm. Sein Körper fühlte sich hohl an und es war, als würde etwas in ihm beständig frieren, so stark, dass sich die Kälte überallhin ausbreitete.

Und es gab eine Gegend in seiner Brust, die jedesmal, wenn er an Laurie dachte, ein wenig mehr in sich zusammenzufallen schien, verbunden mit einem dumpfen, nicht enden wollenden Schmerz.

Hier und da betrachtete er Details an den hohen Wänden der Lagerhäuser, um sich abzulenken. Er sah die großen ehemaligen Ladetore, die über mehrere Stockwerke verliefen, die Reste von Flaschenzügen, mit denen einst Waren nach oben befördert worden waren, Schriftzüge, die noch verrieten, welche Schifffahrtskompanien oder Handelsgesellschaften die Lager einmal genutzt hatten.

Er sah das alles, aber es sagte ihm nichts. Wie konnte er sich für die Vergangenheit Wappings interessieren, während er Laurie verlor?

In der Umhängetasche gab sein Handy Töne von sich, die signalisierten, dass eine SMS eingegangen war und Aaron begann zu zittern. Vielleicht hatte Laurie seine Verletztheit und sein schnelles Verschwinden irgendwie bemerkt und schrieb ihm jetzt. Vielleicht wollte sie wissen, wie es ihm ging. Jeder bei Foyles hatte doch die Nummern aller Kollegen gespeichert, für den Fall, dass es außerhalb der Öffnungszeiten einmal dringend dienstliche Angelegenheiten abzusprechen gab.

Aber die leise Hoffnung, das, was er eben für ein paar Sekunden lang wirklich für möglich gehalten hatte, fiel schon wieder in sich zusammen, noch während er das Handy in der Tasche suchte.

Er wusste nicht wie oft er in all der Zeit schon nachgesehen hatte, ob sie sich vielleicht gemeldet hatte, selbst wenn das Telefon gar nicht geklingelt hatte, denn er hätte es ja überhört haben können.

Doch es war nie eine Nachricht von ihr gekommen. Natürlich nicht.

Und auch jetzt würde dies nicht anders sein.

Trotzdem war er wieder enttäuscht, als er die Werbung seines Netzanbieters las. Keine Laurie, die ihm schrieb. Keine Laurie, die zu ihm kommen wollte, damit sie sich in die Arme fallen und reden konnten über all die zurückgehaltenen Gefühle füreinander.

Es war nur ein Traum, aber er würde dennoch immer wieder nachsehen auf seinem Handy, das wusste er.

Zwar hätte er Angst gehabt, wenn der Traum Wirklichkeit geworden wäre, weil er daran zweifelte, überhaupt in der Lage zu sein, eine wahre Freundschaft mit jemandem zu haben. Hatte er nicht oft genug erfahren, dass er das nicht konnte?

Doch für Laurie, dachte er, hätte er es versucht. Ein letztes Mal.

Aaron Bellany sah sich um und überlegte, wohin er gehen sollte. Sein Blick fiel auf einen der alten Pubs, 'Town of Ramsgate' und auf das Schild an seiner Seite, das auf die 'Wapping Old Stairs' hinwies, Treppen, die auf der flusszugewandten Seite der Gaststätte hinunter zum Wasser führten.

Deswegen war er eigentlich hierher gekommen. Wegen der alten Treppen am Fluss, originale Überbleibsel aus Wappings Hafenzeiten, als die Seeleute, am Ende schmaler Gassen zwischen den hohen Wänden der Lagerhäuser, über diese Stufen ihre

Schiffe erreichen konnten, die auf der Themse vor Anker lagen.

Und noch heute zweigten die engen, dunklen Durchgänge in unregelmäßigen Abständen von Wapping High Street und Wapping Wall ab.

Hätte Aaron Bellany die Kraft gehabt, wäre er bis zum 'Prospect of Whitby' weitergelaufen, wo die 'Pelican Stairs' lagen und am Ufer ein Galgen stand, der an das alte, allerdings nicht genau an dieser Stelle gelegene 'Execution Dock' erinnerte, einer mehr als vierhundert Jahre lang, bis 1830 von der Admiralität genutzten Hinrichtungsstätte.

Da die Admiralität beziehungsweise ihr Gericht, die Admirality Courts, nur über Verbrechen richten durfte, die auf See begangen worden waren und zur Vollstreckung der Urteile nur auf Territorium ihres Zuständigkeitsbereichs ermächtigt war, hatte man 'Execution Dock' einst soweit vom Themseufer entfernt im Fluss errichtet, dass es unter die Jurisdiktion der Admiralität fiel.

Wer zum Tode verurteilt worden war, hatte hier sein Ende gefunden, an einem Galgen mit Käfig, in dem sein lebloser Körper so lange hängen gelassen wurde, bis ihn die Flut dreimal überspült hatte.

Der Pirat Captain Kidd zum Beispiel, an den Aaron Bellany erst neulich bei Old Bailey gedacht hatte, war 1701 hier auf diese Weise hingerichtet worden.

Aber er konnte oder wollte nicht mehr so weit laufen, obwohl das Ufer beim 'Prospect of Whitby' gut zum Träumen gewesen wäre. Wenn er hätte träumen können.

Seine Beine waren kraftlos, er wollte irgendwo sitzen und so wandte er sich um und ging die kurze Strecke zurück bis dorthin, wo ein schmaler Durchgang zu den 'Alderman Stairs' führte.

Er stieg die alten, schiefen und ausgetretenen Steinstufen hinab zum Flussufer, das die gerade herrschende Ebbe auf einem, einige Meter breiten Streifen trockengelegt hatte. Auch die Stufen waren wegen der Sommerhitze nicht wie sonst von dem glitschigen, feuchten Schlamm und dem Algenbewuchs bedeckt, der immer wieder zu Stürzen, manchmal sogar zu Todesfällen führte, wenn Betrunkene hier Nachts hinunterstiegen.

Aaron Bellany ließ sich auf dem untersten Treppenabsatz nieder und atmete eine Weile schwer ein und aus. Dann drehte er sich eine Zigarette und blickte über das weite, glatte Wasser des Flusses, das ruhig und langsam, fast unmerklich dahinfloss. Nur hier und da, wo sich die Wasserfläche leicht kräuselte und im Sonnenlicht glitzerte, war die Bewegung zu sehen.

Alles war still und alles war weit weg. Die Lagerhäuser drüben am Ufer von Bermondsey und Rotherhithe schienen in einer anderen Welt zu liegen, genauso wie die Straßen und Gassen hinter ihm.

Nach vielleicht einer knappen Stunde, er hatte nicht auf die Uhr gesehen, griff er in seine Hosentasche und holte einen sehr kleinen Gegenstand heraus.

Es war ein Herz, nur wenige Millimeter groß, herausgestanzt aus einer Art Metallfolie, so wie diejenige, auf einer Seite rot, auf der anderen golden, aus der sie früher zuhause Weihnachtssterne gefaltet hatten.

Er hatte es an jenem Tag im Dezember vor einem Haus neben Foyles Bookstore auf dem Bürgersteig gesehen, kurz bevor Laurie zu ihm herausgekommen war und sie sich, während sie rauchten, etwas länger unterhalten hatten. Jenem Tag, an dem er sich an sie verloren hatte.

Am nächsten Morgen war das kleine Herz immer noch da gewesen und er hatte es aufgehoben und eingesteckt, als Erinnerung an den Ort, an dem ihm Laurie zum ersten Mal wirklich begegnet war.

Und seitdem war es jeden Tag in seiner Hosentasche gewesen, weil er dachte, dass es vielleicht irgendwie dafür sorgen würde, die Verbindung zwischen ihm und Laurie aufrechtzuerhalten.

Aaron Bellany legte das Herz auf seine Handfläche und betrachtete es eine Weile. Dann stand er auf und ging die wenigen Schritte bis zum Rand des Flusses. Vorsichtig setzte er das Herz auf die Wasseroberfläche und sah zu, wie es langsam vom Ufer wegtrieb, manchmal auf kleinen Wellen emporgehoben wurde, dann wieder ruhig weiterschwamm und nach wenigen Metern seinen Blicken entschwand. Es war zu klein, als dass er es noch weiter hätte sehen können.

Aber er wusste, es würde mit der Strömung ziehen, dorthin, wo in der Ferne die Hochhäuser von

Canary Wharf in den Himmel ragten und dann weiter Richtung Meer.

Es war aus einem Material, das nicht untergehen und sich nicht auflösen würde und so stellte er sich vor, dass es für immer irgendwo auf den Ozeanen schwamm und vielleicht niemand es je wiederfand.

Sein Herz. Seine einsame Erinnerung an Laurie.

10
Windmill Gardens

Sie war froh, dass sie Angell Town wieder verlassen konnte.

Etwas schneller als sonst eilte sie an den langezogenen, eintönigen Wohnblöcken entlang in Richtung Brixton Road. Es war Freitag und das hellte ihre Laune ein wenig auf, denn ein freies Wochenende lag vor ihr. Eines ihrer geliebten freien Wochenenden.

Nachdem sie heute früher Feierabend gemacht hatte, war sie mit der Victoria Line bis hierher in den wilden Londoner Süden gefahren, nach Brixton, ein Viertel der Stadt, in dem sie sich nie so richtig wohl fühlte. Besonders nicht in den Sozialwohnungsbauten der Angell Town Estates, wo ihre Mutter seit der Scheidung vor sechsundzwanzig Jahren lebte, weil sie sich nichts Besseres leisten konnte.

Einige Jahre lang hatte sie sich noch mit verschiedenen, einfachen Jobs über Wasser gehalten, nicht dass das etwas Schlechtes gewesen wäre, aber ihre Mutter hatte nie lange durchgehalten und war schließlich dort gelandet, wo die meisten der Bewohner von Angell Town angekommen waren. In der Arbeitslosigkeit, abhängig von staatlicher Unterstützung.

Lauren Avondale warf immer wieder kurze Blicke in die versteckten Ecken der Anlage und auf die trostlosen, heruntergekommenen Freiflächen zwischen den Wohnblöcken, um die Jugendlichen im Auge zu behalten, die überall in Gruppen herumlungerten und versuchten, irgendwie den Tag herumzubekommen.

Jugendgangs und überhaupt Bandenkriminalität waren immer noch ein Problem hier, auch wenn sich seit den schlimmsten Zeiten, den 1980er und 1990er Jahren, einiges verbessert hatte.

Doch Drogenhandel und -konsum bestimmten nach wie vor weite Teile des Alltags in Brixton, die Zahl an Überfällen, Schießereien und Morden lag auch heute noch weit über dem Londoner Durchschnitt.

Dabei hatte sich Brixton in der zweiten Hälfte des 19. Jahrhunderts zunächst zu einem schönen Vorort für Londoner Mittelschichtfamilien entwickelt, mit großen, teuren Häusern entlang der Hauptstraßen.

Viele dieser viktorianischen Bauten waren erhalten geblieben, besonders im Zentrum des Viertels, rund um die heutige U-Bahn Station. Schöne Straßenzüge, wie die Electric Avenue, so benannt, weil sie 1888 die erste Straße der Stadt gewesen war, die elektrische Beleuchtung erhalten hatte, erinnerten noch an die besseren Zeiten des Stadtteils.

Lauren Avondale dachte, dass es vielleicht gerade 1888 eher gut gewesen wäre, das East End entsprechend zu beleuchten, weil das diesem irren Killer mit dem Künstlernamen Jack the Ripper sein finsteres Tun erschwert hätte. Vielleicht. Doch Elektrizität war damals für die besseren Leute bestimmt gewesen. Nicht für die Armen. So wie das auch heute noch mit vielen anderen Dingen der Fall war.

Trotzdem waren es ärmere Angehörige der Arbeiterklasse und dann auch zunehmend afro-karibische Einwanderer gewesen, die seit Beginn des 20. Jahrhunderts die wohlhabende Mittelschicht nach und nach aus Brixton verdrängt hatten, wodurch leider aber auch der Niedergang des Stadtteils eingeläutet worden war.

Hohe Arbeitslosigkeit führte zu mehr und mehr sozialen Unruhen und zu einer Kriminalitätsrate, die Brixton für lange Zeit zu einer der verrufendsten und gefährlichsten Gegenden Londons machte.

Seitdem hatte sich einiges verbessert, ja, aber Lauren Avondale bezweifelte, dass die Veränderungen wirklich tiefer gingen. Die eine oder andere Initiative, mehr Überwachungskameras, höhere Zäune, die vor Einbrüchen schützen sollten... das alles dämmte doch höchstens ein, was nach wie vor im Untergrund brodelte.

Sie beschleunigte ihre Schritte noch etwas mehr und dachte wieder an das Wochenende.

Es kam nicht oft vor, dass sie eines ganz für sich hatte, denn meistens besuchte sie ihre Mutter Samstags oder Sonntags. Und die Wochenenden waren noch kürzer, wenn sie zusätzlich noch am Samstag arbeiten musste.

Immerhin hatte sie mehr Zeit für sich, seit ihr Vater vor gut drei Jahren gestorben war. Aber irgendwie wog der Schmerz über den Verlust die Freude über den gewonnenen Freiraum immer noch auf.

Auch zu ihrem Vater war sie lange regelmäßig gefahren, öfter sogar, als zu ihrer Mutter und sie selbst war in Gefahr gewesen, auf der Strecke zu bleiben.

Zwar hatte sie vor zehn Jahren entschieden, sich in erster Linie um ihr eigenes Leben zu kümmern und weniger um das ihrer Eltern. Aber sie war niemand, der andere einfach hängen ließ und so war es auch nach dieser Entscheidung noch schwer genug gewesen. Das Leben ihrer Eltern war immer untrennbar mit ihrem verbunden geblieben.

Die Besuche in Angell Town waren anstrengender als früher, seit bei ihrer Mutter deutliche Anzeichen von Demenz auftraten und die Unterhaltungen mit ihr über vergangene Zeiten, dem Lieblingsthema der alten Frau, zu einer Art Ratespiel wurden, bei dem Laurie versuchen musste, all die wirren Erzählungen zu sortieren und wirkliche Erinnerungen von den Produkten eines absterbenden Geistes zu unterscheiden.

Doch sie würde sich nicht mehr aufopfern, auch wenn klar war, dass ihre Mutter jetzt mehr Hilfe brauchte. Sie würde Hilfe organisieren. Wie, dass wusste sie noch nicht, aber sie selbst war nicht bereit, sie in einem größeren Maße zu leisten, als sie dies im Moment tat.

Es war zu schwer gewesen, ein eigenes Leben zu finden, um es jetzt wieder aufzugeben.

Und auch deshalb war Lauren Avondale an diesem Freitag Nachmittag froh, Angell Town verlassen zu können, nicht nur wegen der unsicheren Gegend, sondern weil sie damit Abstand zwischen sich und ihre Mutter brachte.

Sie entzündete eine Zigarette, als sie Brixton Road erreichte und genoss einen Moment lang den Wind, der die breite Straße hinabwehte, ihre langen Haare durcheinanderwirbelte und ihr etwas Kühlung verschaffte. Sie mochte die Sonne und die Wärme des Sommers, aber dieser August war selbst ihr fast zu heiß. Trotzdem entschloss sie sich, nicht gleich zur U-Bahn zurückzulaufen und wandte sich stattdessen nach Süden, wo Brixton Road bald in Brixton Hill überging und hinunterführte zu Windmill Gardens, einem kleinen Park, den sie fast immer nach den quälenden Stunden bei ihrer Mutter aufsuchte.

Ihre Füße schmerzten, als sie schließlich in eine der Nebenstraßen abbog, die zum Park führten und sie wollte nichts anderes, als sich irgendwo im Schatten auf einer Bank niederzulassen, vielleicht nachdem sie sich vorher, drüben am Kiosk noch einen Kaffee besorgt hatte.

Sie sah hinüber zu dem Bauwerk, nach dem die Grünanlage benannt war, Ashby's Mill, der letzten erhaltenen Windmühle in Londons Innenstadt, erbaut 1816 und noch bis 1934 in Betrieb, um Getreide für die teuren Westend Hotels zu mahlen.

Und viel mehr wusste sie über die Mühle auch gar nicht. Irgendwann würde sie sich einmal die Dokumentation über die Geschichte des alten Gebäudes ansehen, die heute in den Innenräumen präsentiert wurde.

Bis dahin genügte ihr, wie bisher auch, der schöne Anblick. Sie war nicht hier, um sich in irgendeine Vergangenheit zu vertiefen, sondern einfach nur, um eine möglichst gute Zeit zu haben. Ein Vorsatz, den sie in Bezug auf alles hatte, was ihr im Leben noch begegnen würde. Sie vergaß ihre Vergangenheit nicht, aber sie ließ nicht zu, dass sie ihre Gegenwart verdüsterte.

Lauren Avondale wechselte den Pappbecher mit dem kochend heißen Kaffee von einer Hand in die andere, während sie eine freie Bank unter einem der alten Bäume ansteuerte.

Dann saß sie endlich, stellte den Kaffee neben sich ab und suchte in der Handtasche nach den Zigaretten. Kindergeschrei hallte von den Spielplätzen des Parks herüber, Wortfetzen und Lachen der Menschen, die sich auf den Rasenflächen verteilt hatten.

Windmill Gardens war eine Oase im wüsten Brixton, die ihr irgendwie ans Herz gewachsen war. Niemand kannte sie hier, niemand wollte etwas von ihr. Sie konnte einfach nur da sein. Weiter nichts.

Langsam kam sie zur Ruhe, lehnte sich zurück und schlug die Beine übereinander. Ihr Blick wanderte über die Umgebung und blieb schließlich an einem alten Bau hängen, der sich am südlichen Ende von Windmill Gardens, jenseits der Jebb Avenue hinter hohen Mauern erhob. Das war Brixton Prison und sie glaubte zu wissen, dass es fast genauso alt war, wie Ashby's Mill, nur wenige Jahre nach der Mühle erbaut.

Irgendwie gehörte das Gefängnis zu diesem Park und sie mochte den Anblick seiner Mauern und Dächer, seiner rußgeschwärzten Schornsteine, das, was man von hier aus sehen konnte.

Von außen und aus einer gewissen Distanz betrachtet, konnte alles mögliche ganz schön aussehen. Und erträglich. Das war doch genau das, was sie in langen Jahren und unter Leiden hatte lernen müssen. Abstand halten, um überleben zu können.

Sie schloß die Augen und ein merkwürdiges Gefühl breitete sich in ihrer Brust und in ihrem Bauch aus. Nicht körperlicher Schmerz, aber etwas irgendwie ähnliches, stärkeres. Etwas, das in letzter Zeit öfter aufgetreten war und das sie nicht in den Griff bekam, nicht verhindern konnte.

Und immer fiel ihr dann auf, dass sie kurz zuvor an Aaron Bellany gedacht hatte. Auch jetzt war er fast unmerklich in ihren Gedanken aufgetaucht, während sie das alte Gemäuer von Brixton Prison betrachtet hatte.

Sie traute sich nicht, das, was sie empfand Sehnsucht oder Wehmut zu nennen, weil sie fürchtete, dass es ihre Schutzmauern zum Einsturz bringen könnte, wenn sie sich dies zugab.

Aber, ehrlich gesagt, war es etwas in dieser Art, was auch immer sie sich sonst einreden mochte.

Warum war das so? Sie wollte doch nichts von diesem Aaron. Genausowenig, wie von irgendjemand anderem. Warum dachte sie so oft an ihn? Sogar jetzt, wo er seit drei Tagen krankgeschrieben war und sie ihn seitdem gar nicht gesehen hatte.

Aaron war merkwürdig, auf unbestimmte Weise anders. Und, ohne dass er viel getan hätte, hatte er etwas in ihr hinterlassen, das bleiben würde. Sie fühlte es. Sie fühlte *ihn*, auch wenn sie es nicht wahrhaben wollte und versuchte, es zu ignorieren.

Wenn jemand sie gefragt hätte, hätte sie nicht sagen können, was genau es war, das Aaron hinterlassen hatte. Aber es hatte mit Wärme zu tun, mit Verstehen und weichem Licht. Licht, in dem man Dinge sah, die sonst verborgen waren. Und all das war etwas, von dem sie so furchtbar lange Zeit geglaubt hatte, dass nur sie selbst, sie allein es sich geben könne.

Ein stechender Schmerz fuhr ihr ins Herz und für einen kurzen Moment verschwamm Windmill Gardens vor ihren Augen. Was, zum Teufel, war los mit ihr?

Blödsinnigerweise sah sie auf ihre Uhr, als ob das irgendwie geholfen hätte. 18.25 Uhr. Spätnachmittag in Brixton, London und Zeit, sich auf den Heimweg zu machen.

Lauen Avondale erhob sich von der Parkbank und warf den halbvollen Kaffeebecher in den Mülleimer neben ihr. Im Licht der schon tief stehenden

Sonne setzte sie sich Richtung Ausgang in Bewegung, auf unsicheren Beinen, aber froh, dass der Schmerz von eben langsam nachließ.

Was jedoch nicht verschwand, sondern sie den ganzen Weg über begleitete, war das verstörende Gefühl, gerade etwas verloren zu haben. Oder Jemanden.

11
Ein Palast aus Glas

Sowenig wie die Hitze über London, sowenig endete bei Aaron Bellany das Gefühl, irgendwo im Inneren zu frieren. Manchmal wurde sein Körper von einem unkontrollierbaren Zittern erfasst, welches einmal nur kurz anhielt, ein andermal dann mehrere Minuten dauerte und mit jeweils unterschiedlicher Stärke über ihn kam.

Vielleicht hätte er sich Sorgen machen sollen deswegen, aber er machte sich keine. Er wusste, woher all das kam. Es war das Getrenntsein von Laurie, die Tatsache, dass er nicht bei ihr war, noch nicht einmal in ihrer Nähe, sodass er sie wenigstens hätte sehen können.

Aber am Mittwoch, dem Tag nach seinem Ausflug zu den alten Treppen von Wapping, hatte er morgens gespürt, dass er es nicht aushalten würde, sie zu sehen. Sie und Ruben.

So sehr verwundet und gemartert war er gewesen, so ausgelaugt von tausend Fragen an seine heimliche Liebe, dass er nicht die Kraft gefunden hatte, zur Arbeit zu gehen und dort Laurie zu begegnen.

Schließlich hatte er sich krankgemeldet, in der Hoffnung, dass ein paar Tage Ruhe ihn soweit wiederherstellen würden, dass er weitermachen konnte. Dass er sich wieder würde wappnen können für weitere Enttäuschungen, weitere Verletzungen.

Doch danach sah es auch am Freitag nicht aus. Aaron Bellany stand an einem der Fenster zum Hinterhof und starrte auf die rückwärtigen Fassaden der umliegenden Häuser.

Fast alle Fenster waren dort geöffnet, weil die Leute, wie er selbst auch, auf den einen oder anderen Luftzug hofften, der vielleicht ein wenig von der Hitze aus den Wohnungen vertreiben würde.

Der Lärm aus den Straßen jenseits des Hofes drang nur gedämpft an seine Ohren, die Motoren der Autos, Hundegebell, etwas, das jemand rief. Und Gerüche nahm er wahr. Den immerwährenden Duft der Mülltonnen, den Geruch von Essen, von Fett und gebratenem Fleisch, der aus einem der gegenüberliegenden Fenster zu ihm herüberzog und dann etwas Angenehmes, Süßes, dessen Note er nicht genau bestimmen konnte, ein Aroma von Duschgel oder Schaumbad, gerade von irgendjemandem, irgendwo in der Nähe benutzt.

Es hatte Zeiten gegeben, da hätte ihm all das Trost gespendet. Bilder wären aufgestiegen, Geschichten wären ihm eingefallen, vielleicht wäre sein

Geist in die Vergangenheit oder in die Zukunft gereist. Jedenfalls weg von hier, weit weg von einer Realität, die ihm keine Gnade gewährte.

Doch heute geschah nichts davon. Genauso, wie in den vergangenen Tagen auch schon.

Er hatte ferngesehen und Musik gehört, hatte versucht zu lesen und darauf gewartet, dass Nebel aufziehen würde, wie früher.

Aber der Nebel kam nicht. Er hatte sich gelichtet, sich gehoben und den Blick freigegeben auf die Wirklichkeit, die zu sehen Aaron Bellany sein Leben lang so gut zu vermeiden gewusst hatte.

Im Nebel hatte er immer seinen Weg gefunden, doch jetzt, mit klarer Sicht, schien es keinen mehr zu geben, den er hätte gehen können.

Das Einzige, was von seinen Träumen übriggeblieben war, waren Gedanken an Laurie, kurze Erinnerungen, die tiefen Schmerz brachten.

Manchmal meinte er zu hören, wie sie seinen Namen rief, sah ihr Gesicht und die langen, wehenden Haare, ihre Gestalt, so, wie in den Momenten, in denen er sie besonders schön gefunden hatte, vernahm ihr Lachen oder Nuancen ihrer Stimme, die ihm im Gedächtnis geblieben waren.

Und immer wieder sah er sie mit Ruben, der ihr alles gab, was er, Aaron, ihr nicht geben konnte. Sah sie mit ihm weggehen, verschwinden aus seinem, des Nebelfängers Leben und nicht wiederkommen, solange er auch warten mochte.

Seine Sehnsucht war vergebens, sein Hoffen aussichtslos, nichts als kleine Bruchstückchen seiner eingestürzten Traumwelt.

Aaron Bellany wandte den Blick vom blätternden, grauen Putz der Hinterhoffassaden ab, drehte sich um und drückte den Stummel der letzten Zigarette im Aschenbecher auf dem Wohnzimmertisch aus.

Er wollte nach draußen gehen. Vielleicht würde er dort etwas finden, das ihn ablenken konnte. Vielleicht doch noch einen Weg.

Ziellos wanderte er durch das Gewühl der East End Straßen, setzte einen Fuß vor den anderen, während Menschen ihm entgegenkamen, andere ihn überholten, alle unterwegs, um irgendwo ihren wichtigen oder unwichtigen Vorhaben nachzugehen.

Niemand beachtete ihn, obwohl er meinte, man müsse ihm das Leiden ansehen, das ihn aushöhlte, das ihn verzehrte und austrocknen ließ.

Sein Gesicht fühlte sich eingefallen an, die Haut erschien ihm zu fest über die Knochen gespannt und seine Augen brannten, als wäre der letzte Rest Feuchtigkeit aus ihnen verschwunden.

Ohne bestimmten Grund bog er in diese oder jene Straße ein, änderte an der nächsten Ecke wieder die Richtung, lief ein Stück geradeaus, um dann erneut wahllos einen anderen Weg einzuschlagen. Manchmal kam er nach einigen Minuten wieder an den Stellen vorbei, die er gerade erst passiert hatte.

Er wusste nicht genau, wie lange er schon so herumgelaufen war, als er an der U-Bahn Station

Whitechapel ankam. Seine Beine schmerzten und fühlten sich an wie aus Stein. Schwindel überkam ihn und ließ ihn kurz taumeln, sodass er sich an einer Hauswand abstützen musste, bis er wieder sicher stehen konnte.

Es war nicht die Augusthitze und auch nicht das anstrengende Irren durch die Straßen. Was ihn schwindelig machte, war die Tatsache, dass er sein geliebtes East End nicht mehr wiederfand, egal wohin er sich auch wandte. Das East End seiner Tagträume, es existierte nicht mehr.

Alles was er noch empfand, war der allumfassende und endlose Schmerz über das Verblassen eines anderen Traumes. Des Traumes von der Freundschaft zwischen Laurie und ihm, etwas, das er sich ausgemalt hatte, wie ein wunderbares Märchen, das ihm so real erschienen war und sich nun doch wieder als Hirngespinst ohne jede Substanz erwies. Warum nur schon wieder?

Er hatte doch so sehr geglaubt, dass es diesmal wahr werden könnte.

Was war mit seinem Glauben an eine Verbindung, eine Verwandschaft zwischen ihnen, mit der Empfindung, dass sie sich aus irgendeinem Grund hatten begegnen sollen?

Hatte er es nicht in seinem Herzen gefühlt? Hatte er es nicht in ihren Augen gesehen? Zwischen ihren Worten gehört?

Doch dieser Glaube lag schon seit Tagen im Sterben, zerrann ihm zwischen den Fingern und löste sich auf, wie Morgennebel, weggebrannt von den grellen Strahlen der Sonne.

Sein Herz schlug schneller während er an Laurie dachte, aber es fühlte sich an, als koste es dem Organ in seiner Brust viel Kraft, so schnell zu schlagen. Und jeder Schlag schien Wellen durch seinen Körper zu schicken oder vielleicht eher einen Nachhall, wie in einem leeren Raum.

Aaron Bellany wandte sich dem Eingang der U-Bahn Station zu und musste wieder kurz gegen einen Schwindelanfall ankämpfen.

Der Nachmittag war schon fortgeschritten und er wusste jetzt, wohin er gehen wollte. Weit in den Südosten der Stadt, dorthin, wo er vor vielen Jahren, in der ersten Zeit nach seiner Ankunft in London, das eine oder andere Mal gewesen war, seitdem aber nie wieder. Obwohl ihm der Ort immer gefallen hatte.

Sydenham Hill, mit 109 bis 113 Metern eine der höchsten Erhebungen der, ansonsten größtenteils in einer flachen Ebene liegenden Stadt.

Schon als Kind in Northumberland hatte er auf alten schwarz-weiß Fotos das prächtige und beeindruckende Gebäude bewundert, das dort einst gestanden hatte. Den Palast aus Glas.

Mit der District Line fuhr er bis Victoria Station, um dort in einen Zug von Southern Railway umzusteigen, der ihn zu seinem Ziel bringen würde.

Auf den Bahnsteigen der U-Bahn war es voll, aber angenehm kühl gewesen, doch hier, im oberirdischen Bereich des großen Westend-Bahnhofes, zwischen den Massen der Berufspendler und all der Touristen, hatte sich die Hitze von draußen eingeschlichen und schien alle Bewegung irgendwie verlangsamt zu haben. Oder war dies etwas, das er sich einbildete?

Kurz nach Verlassen der Bahnhofshalle rumpelte der Zug über die Grosvenor Bridge und Aaron Bellany sah links am anderen Ufer des Flusses die mächtige Battersea Power Station auftauchen, auch sie ein Gebäude, das mit seinen vier hohen, weißen Schornsteinen seit jeher zum London seiner Träume gehört hatte.

Aber heute war sie nur ein Gebilde aus Stein, über dem die heiße Luft flirrte. Sie war nur das, was er sah. Die Bilder des von Geschichten und Geheimnissen umwobene Bauwerks seiner früheren Phantasien waren verschwunden.

Ungefähr eine halbe Stunde würde die Fahrt bis Crystal Palace dauern und während die Wagons durch die südlichen Stadtteile rollten, gelang es Aaron Bellany doch noch einmal, in die Vergangenheit einzutauchen, in jene Zeit, als in London die erste Weltausstellung stattfand.

1851 war dies gewesen und als Hauptausstellungsgebäude war im Hyde Park ein spektakuläres Bauwerk errichtet worden. Fast 93.000 Quadratmeter Gesamtfläche hatte Crystal Palace, der Kristallpalast umschlossen. Eine circa 615 x 150 Meter messende Konstruktion im viktorianischen Baustil, aber ganz aus Gußeisen und Glas, ohne tragendes Mauerwerk und so hoch, dass in ihrem Inneren die alten

Ulmen des Parks, die man nicht hatte fällen wollen, stehenbleiben konnten.

Als Queen Victoria im Crystal Palace die Weltausstellung eröffnete, war der riesige, glasumbaute Innenraum mit den hohen Bäumen im Grunde die größte Attraktion der ganzen Veranstaltung.

Und das sollte der Palast aus Glas auch über die ganze Dauer des Ausstellungsbetriebs hinweg bleiben, nicht nur für die Millionen von Besuchern, sondern ebenfalls für zeitgenössische Maler und Fotografen, die das Bauwerk auf vielfältige Weise in ihren Arbeiten festhielten.

Nach Ende der Weltausstellung wurde der Crystal Palace demontiert und in sogar noch etwas vergrößerter Form auf dem Sydenham Hill, in einem eigens für ihn angelegten Park wieder aufgebaut.

Dort, auf dem Hügel im Südosten Londons wurde er ab 1854 als Museums- und Ausstellungsgebäude sowie für Konzerte und andere Veranstaltungen genutzt, und aufgrund seiner jetzt erhöhten Lage und seiner Größe war das eindrucksvolle Gebäude bis 1936 von fast überall in der Stadt zu sehen.

In diesem Jahr dann, am 30. November, führte eine Explosion im Gebäude zum Ausbruch eines Feuers, welches in kurzer Zeit den ganzen Palast erfasste und ihn schließlich bis auf die Grundmauern niederbrennen ließ.

Im heutigen Crystal Palace Park waren die Reste der Fundamente sowie Teile der einst prächtigen Treppenaufgänge zum Palast das Einzige, was von dem großen Bauwerk übriggeblieben war.

Aaron Bellanys Gedanken wurden unterbrochen, als der Zug quietschend im Bahnhof West Norwood zum Stehen kam. Wenn er sich recht erinnerte, waren es nur noch zwei Stationen bis zu seinem Ziel und er hatte von der bisherigen Fahrt kaum etwas bewusst mitbekommen.

Jemand hatte weiter vorne im Wagon eines der schmalen Klappfenster aufgestellt, sodass ihm den ganzen Weg über ein angenehmer Fahrtwind entgegengeweht war, der die Temperatur im Zug einigermaßen erträglich gemacht hatte. Dies und das monotone Geklapper der Räder auf den Schienen hatte geholfen, seinen Geist in jene ferne Zeit abschweifen zu lassen. Weg aus der Gegenwart.

Mehrere Leute stiegen jetzt zu und dann betrat eine Frau das Abteil, deren blonde, wallende Mähne sofort seine Aufmerksamkeit weckte. Die langen Haare ließen keinen deutlichen Blick auf ihr Gesicht zu und für einen kurzen, schrecklichen Moment, während ihm der Schmerz in den Magen fuhr, dachte Aaron Bellany, Laurie zu sehen.

Er begann zu zittern und zu schwitzen und wagte kaum, die Frau zu betrachten, die sich jetzt umwandte, den Gang entlang auf ihn zukam und sich dann auf einem der Sitze, irgendwo hinter ihm niederließ.

Es war nicht Laurie, aber die bloße Ähnlickeit hatte genügt, ihn völlig aus der Fassung zu bringen.

In einer Mischung aus Erleichterung und Verzweiflung erkannte er, wie groß seine Angst war, ihr zu begegnen, dass er nichts zu tun oder zu sagen gewusst hätte, wäre sie es gewesen.

Er konnte nicht mehr darüber nachdenken, warum dies so war. Keine Worte bildeten sich in seinem Kopf, keine Suche nach Erklärungen begann. Da war nur ein großes, namenloses Gefühl, das ihm die Tränen in die Augen trieb, jedesmal, wenn irgendetwas ihn an Laurie erinnerte. Und viele Dinge taten das.

Es dauerte lange Minuten, bis das Zittern sich legte und erst als der Zug ruckartig wieder anfuhr und langsam aus dem Bahnhof rollte, verschwand nach und nach das Bild der Frau vor seinen Augen, der Frau, die er so sehr liebte, die er so tief und fest in seinem Herzen trug und die wiederzusehen er so sehr fürchtete.

Das Stadtviertel, ebenso wie der Bahnhof, in dem Aaron Bellany den Zug verließ, hatten ihren Namen der Tatsache zu verdanken, dass hier einst der große Palast aus Glas gestanden hatte.

Crystal Palace war heute ein Wohngebiet mit viel viktorianischer Achitektur, alten Häusern, die seit ihrer Errichtung im 19. Jahrhundert erhalten geblieben waren, als der weitläufige, natürliche Eichenwald, der bis dahin die Hochebene südlich der City of London und den Bergrücken von Sydenham bedeckt hatte, überbaut worden war.

Der Wald, damals ein beliebtes Ausflugsziel der Londoner, hatte lange Zeit die südlich Grenze der ständig wachsenden Stadt gebildet, doch schließlich das Wuchern der Metropole auch nicht mehr aufhalten können.

Eigentlich hatte Aaron Bellany vorgehabt, den Crystal Palace Park zu besuchen, der gleich hinter dem Bahnhofsgebäude begann, hatte die Grundmauern des Palastes sehen und dann vielleicht an einem der Seen im Park von der Zeit träumen wollen, als das Gebäude hier noch existiert hatte.

Doch jetzt fühlte er wieder, dass ihm dies nicht gelingen würde. Wusste er das nicht schon seit Tagen?

Es gab keine Tagträume mehr, keinen Nebel. Diesmal würde er nicht mehr dorthin zurückfinden.

Und dann fiel ihm ein, wo er vor Jahren gewesen war, als er das Viertel hier zuletzt besucht hatte. Um dorthin zu gelangen, musste er ein Stück in die Richtung zurückgehen, aus der er gerade mit dem Zug gekommen war und so machte er sich auf den Weg, bemüht, sich zum Schutz vor der heißen Sonne so weit wie möglich im Schatten von Bäumen oder Häusern zu halten.

Langsam und erschöpft lief er die breite Anerley Road hinunter, die an der Südwestseite des Parks entlangführte, bis sie weiter unten auf die Kreuzung von Westow Hill und Church Road traf.

Dort legte er eine Pause ein, weil seine Beine ihm den Dienst versagten. Fast fühlte es sich an, als fänden sie keinen Grund mehr, weiterzugehen. Als wären sie, genauso wie seine Seele, der Quelle ihrer Kraft beraubt, der Substanz ihres Lebens.

Lange stand er da, ohne viel von seiner Umgebung wahrzunehmen, doch dann setzte er sich wieder in Bewegung, um zur anderen Seite der großen Kreuzung zu gelangen, dorthin, wo die Straßen wieder schmaler wurden und der Verkehrslärm nach und nach hinter einem verklang.

Schließlich erreichte er die Woodland Road, die langezogen und steil den Hügel hinab führte und den Blick freigab auf das Panorama, das wiederzufinden er gehofft hatte. Ja, hier hatte er gestanden, damals, irgendwann in seinen ersten Tagen in London.

Kleine, schöne Wohnhäuser mit Erkern und Türmchen säumten beide Seiten der Straße und dahinter, wie über den Dächern schwebend erhob sich die Skyline der Innenstadt, weit entfernt und beschienen von der schon weit im Westen stehenden Sonne, verschwommen im Flimmern der dunstigen, heißen Luft. Mehr eine Fata Morgana, als ein Gebilde aus fester Materie.

Nach ein paar Minuten sammelten sich Tränen in seinen Augen und verschleierten die Aussicht auf die Stadt, bis er nichts mehr von ihr erkennen konnte.

Er dachte an Laurie. Sollte es ihm wirklich bestimmt gewesen sein, etwas für sie zu tun, dann musste er dies, ohne es zu wissen und worin immer es auch bestanden haben mochte, schon getan haben. Denn es würde keine weitere Gelegenheit geben.

Aaron Bellany hörte sich ihren Namen rufen. Zumindest dachte er das, denn tatsächlich war es nur ein Flüstern, das über seine Lippen kam.

Sein Herz schlug noch dreimal, dann blieb es stehen und ohne Schmerzen sank er auf dem Bürgersteig der Woodland Road zusammen.

Als er schließlich ganz zu Boden fiel, schlug sein linker Arm hart auf das Pflaster, das Glas der Uhr am Handgelenk zerbrach und die Splitter verbogen die Zeiger leicht, sodass sie sich nicht mehr weiterdrehen konnten.

Der große hielt auf der Fünf an, der kleine zwischen Sechs und Sieben. Spätnachmittag in Crystal Palace, London und der Nebelfänger hatte sich auf den Heimweg gemacht.

Zeitfracht Medien GmbH
Ferdinand-Jühlke-Straße 7
99095 Erfurt, Deutschland
produktsicherheit@kolibri360.de